共和国故事

百载商埠

——汕头经济特区建立与发展

郑明武 编写

吉林出版集团股份有限公司

图书在版编目（CIP）数据

百载商埠：汕头经济特区建立与发展/郑明武编. —长春：吉林出版集团股份有限公司，2009.12

（共和国故事）

ISBN 978-7-5463-1879-0

Ⅰ．①百… Ⅱ．①郑… Ⅲ．①纪实文学－中国－当代 Ⅳ．①I25

中国版本图书馆CIP数据核字（2009）第237679号

百载商埠——汕头经济特区建立与发展
BAI ZAI SHANGBU　　SHANTOU JINGJI TEQU JIANLI YU FAZHAN

编写　郑明武

责任编辑　祖航　李娇　王贝尔

出版发行　吉林出版集团股份有限公司

印刷　三河市嵩川印刷有限公司

版次　2010年1月第1版	2022年1月第8次印刷
开本　710mm×1000mm　1/16	印张　8　字数　69千
书号　ISBN 978-7-5463-1879-0	定价　29.80元

社址　吉林省长春市福祉大路5788号

电话　0431－81629968

电子邮箱　tuzi8818@126.com

版权所有　翻印必究

如有印装质量问题，请寄本社退换

前　言

自 1949 年 10 月 1 日中华人民共和国成立至今,新中国已走过了 60 年的风雨历程。历史是一面镜子,我们可以从多视角、多侧面对其进行解读。然而有一点是可以肯定的,那就是,半个多世纪以来,在中国共产党的领导下,中国的政治、经济、军事、外交、文化、教育、科技、社会、民生等领域,都发生了深刻的变化,中国人民站起来了,中华民族已屹立于世界民族之林。

60 年是短暂的,但这 60 年带给中国的却是极不平凡的。60 年的神州大地经历了沧桑巨变。从开国大典到 60 年国庆盛典,从经济战线上的三大战役到经济总量居世界第三位,从对农业、手工业、资本主义工商业的三大改造到社会主义市场经济体制的基本确立,从宜将剩勇追穷寇到建立了强大的国防军,从废除一切不平等条约到独立自主的和平外交政策,从"双百"方针到体制改革后的文化事业欣欣向荣,从扫除文盲到实施科教兴国战略建设新型国家,从翻身解放到实现小康社会,凡此种种,中国人民在每个领域无不留下发展的足迹,写就不朽的诗篇。

60 年的时间在历史的长河中可谓沧海一粟。其间究竟发生了些什么,怎样发生的,过程怎样,结果如何,却非人人都清楚知道的。对此,亲身经历者或可鲜活如昨,但对后来者来说却可能只是一个概念,对某段历史的记忆影像或不存在,或是模糊的。基于此,为了让年轻人,特别是青少年永远铭记共和国这段不朽的历史,我们推出了这套《共和国故事》。

《共和国故事》虽为故事,但却与戏说无关,我们不过是想借助通俗、富于感染力的文字记录这段历史。在丛书的谋篇布局上,我们尽量选取各个时代具有代表性或深具普遍意义的若干事件加以叙述,使其能反映共和国发展的全景和脉络。为了使题目的设置不至于因大而空,我们着眼于每一重大历史事件的缘起、过程、结局、时间、地点、人物等,抓住点滴和些许小事,力求通透。

历史是复杂的,事态的发展因素也是多方面的。由于叙述者的视角、文化构成不同,对事件的认知或有不足,但这不会影响我们对整个历史事件的判断和思考,至于它能否清晰地表达出我们编辑这套书的本意,那只能交给读者去评判了。

这套丛书可谓是一部书写红色记忆的读物,它对于了解共和国的历史、中国共产党的英明领导和中国人民的伟大实践都是不可或缺的。同时,这套丛书又是一套普及性读物,既针对重点阅读人群,也适宜在全民中推广。相信它必将在我国开展的全民阅读活动中发挥大的作用,成为装备中小学图书馆、农家书屋、社区书屋、机关及企事业单位职工图书室、连队图书室等的重点选择对象。

编　者

2010年1月

目录

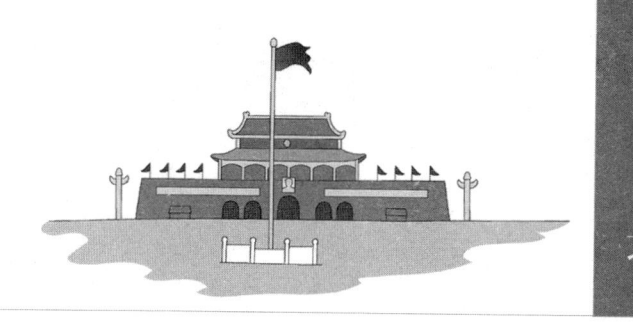

一、筹建过程

吴南生请求汕头实行改革/002

广东省拟办出口加工区/006

中央决定开办经济特区/009

颁布广东经济特区条例/014

进行汕头经济特区的筹备工作/021

二、大胆开拓

中央支持汕头经济特区/026

管委会领导艰苦创业/033

汕头经济特区利用华侨资源/038

汕头经济特区推行多项改革/048

汕头经济特区改革初见成效/053

三、深化改革

中央深化经济特区改革/062

汕头外引内联促发展/066

汕头推进老企业改造/072

汕头注重发展创汇农业/076

汕头积极加强党的建设/082

目录

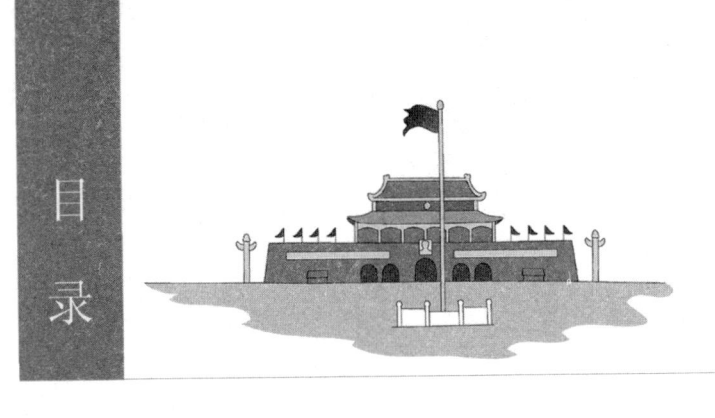

不断完善汕头市场机制/087

提出发展外向型经济/091

汕头大力改善软环境/096

外向型经济发展顺利/100

四、开创未来

汕头确立未来发展目标/106

建成汕头经济特区保税区/110

建成高新技术开发区/114

一、筹建过程

- 叶剑英元帅焦虑而又恳切地说:"南生啊,我们的家乡很穷呵,你们有什么办法没有?"

- 女秘书环顾了一下四周,才说:"我怕您被抓起来。"

吴南生请求汕头实行改革

1979年新年伊始,虽然严寒还没有完全消退,然而,人们已经感到春天来了。

就在不久前,在北京召开的十一届三中全会决定,把全党全国的工作重点转移到现代化建设上来。

于是,伴随着十一届三中全会的春风,神州大地开始复苏了。

就在此时,时任广东省委书记的吴南生开始前往汕头等地,传达十一届三中全会文件精神。

到达汕头后,进入吴南生眼帘的除了贫困和落后,便是在破败的街道上四处漫溢着粪便的臭气。

汕头是吴南生的老家,当他手里拿着十一届三中全会文件来到这里的时候,这位十几岁就参加革命的省委书记,却对眼前的一切感到空前的震动。

吴南生迷惑了,他质问自己,同时也质问中共汕头地委的领导们:"我们当年豁出性命扛起枪杆闹革命,可不是为了换取眼前的这样一幅江山啊!"

是啊,在吴南生的记忆里,汕头作为"岭东门户,华南要冲",本应该是一个商业繁华的商埠,因为汕头的繁华已经有上百年的历史了。

汕头市面临南海,毗邻港澳,处韩江、榕江、练江汇合出海口，是潮汕、兴梅以及赣南、闽西南一带交通枢纽，是进出口岸和商品集散地，也是我国在国际上有影响的海港城市。

同时，汕头港内水域宽阔，水深能泊万吨货轮。早在唐代，潮汕就作为海上丝绸之路的始发港之一，同外国商船来往频繁。

宋代，潮汕所产的瓷器通过潮州口岸，销往印度、埃及、波斯和西班牙等地。

到了清代，这里被称为"南洋通汇之地"。

1861年，汕头被正式确立为通商口岸。从此，汕头的历史翻开了新的一页。

就在汕头开埠后第七年，英国的汽船公司便前来设立分公司。以后，英国怡和、太古洋行、中国招商局、日本大孤商船会社等纷纷仿效。

直至抗日战争前夕，汕头港一直是中国东南沿海的国际性海港。1933年全市各种商行达3441家，商业之盛居全国第七位。货运吞吐量占全国各海港货运量的8.67%，仅次于上海、广州，名列第三位。

恩格斯曾对汕头予以很高的评价，他说，汕头是中国沿海"唯一有一点商业意义的口岸"。

汕头不仅作为港口而闻名，它的工业基础也是相当好的，是我国最早兴办工业的城市之一。

1861年被正式辟为通商口岸后，汕头的工业随着对外贸易的日益发展，逐渐兴旺起来。

1864年至1879年,汕头就设立了紫工师文船舶修理厂、机器榨糖厂和使用机器榨油的汕头豆饼厂。

1936年,汕头市已拥有罐头、榨油、卷烟、针织、机械修理等43个行业,轻工业十分旺盛。

想起昔日的繁华,看到现在的汕头,吴南生怎么能不感到震惊呢?

农历新年将近,正在感冒发烧的吴南生,想起了叶剑英元帅焦虑而又恳切的问话:"南生啊,我们的家乡很穷呵,你们有什么办法没有?"

是啊,不仅叶剑英焦虑,自己作为汕头人,作为广东省委书记,岂不是更着急。

夜已经深了,吴南生还在想:怎么才能改变汕头这种落后的局面呢?

此时,吴南生突然想起一位海外的朋友为他出的主意,那位朋友问他:"你们敢不敢办个像台湾那样的出口加工区?敢不敢办像自由港这一类的东西?如果敢办,那就最快,你看新加坡,他们的经济是怎么发展起来的?"

想到此,吴南生顿觉眼前一亮,是啊,办个出口加工区,这不正符合了汕头这个百年商埠的需要吗?

于是,吴南生连夜向广东省委写了一封电报。吴南生在电报中写道:

仲勋、尚昆同志并报省委:

汕头市解放前是我国重要港口之一，货物吞吐量最高年份达 600 多万吨，海上客运达 35 万人。汕头地区劳动力多，生产潜力很大，对外贸易、来料加工等条件很好，只要落实政策，调动内外积极因素，同时打破条条框框，下放一些权力，让他们放手干，这个地区生产形势、生活困难、各方面工作长期被动的局面，三五年内就可从根本上扭转……

这封电报只有 1300 字。短短的 1300 字自然不能让吴南生尽意，所以，他在其中两次强调自己"已拟定了一个初步意见，待报省委研究"，"待回后再详细报告"。

然而，就是这 1300 字的电报，引发了一场巨大的变革。

广东省拟办出口加工区

1979年2月底的一天，广东省委办公厅负责人陈仲旋收到了吴南生的电报。

看到电报后，陈仲旋非常重视，他马上让办公厅"即打印，发常委、副主任"。

实际上，1月3日广东省委书记王全国，在越秀宾馆向省委扩大会议传达中央工作会议和十一届三中全会精神时，就提出了一个贯彻落实会议精神的构想。

因此，吴南生的电报和王全国书记及其他省委领导的意见，可谓不谋而合。

2月28日，吴南生回到广州后，广东省委第一书记习仲勋就亲自上门，同吴南生交换意见。

3月3日，也就是吴南生回到广州的第三天，中共广东省委召开常委会。

在此次常委会上，吴南生的关于提议在汕头开办出口加工区的想法，获得了常委们的一致认同。

同时，在此次会上，广东省委还认为广东有两大优势：毗邻港澳，华侨众多。只要中央在经济政策上给予广东充分的自主权，广东就可以完全利用这两个优势，加快广东经济发展的步伐。

因此，广东省委认为，不单是在汕头办一个出口加工区，还应该在珠海、深圳也办。

最后，广东省委决定，把开办出口加工区的想法报告给中央。

4月2日下午，广东再次召开省委常委会，会议由省委第二书记杨尚昆主持。参加此次会议的，除省委常委外，还有有关经济部门的负责人。

当吴南生正要走进会场时，一位女秘书叫住了他。女秘书神情紧张，悄声说："吴书记，我有些怕。"

吴南生问："你怕什么？"

女秘书环顾了一下四周，才说："我怕您被抓起来。"

然而，事实却大大出乎这位女秘书的意料。吴南生不仅没有被抓，他的发言还受到了大家的一致认可。

在会上，吴南生激动地说："要向中央提几个大的要求，要中央下决心让广东先走一步，搞几年，待有了经验，如认为可行，全国可以推广。"

听了吴南生的发言后，常委们认为应该请示中央考虑广东的特殊情况，让广东在四个现代化建设中先走一步！

为此，常委们提出了以下具体要求：

一、对广东开展对外经济技术交流的审批权适当下放，对外汇分成更多地予以照顾，对资金、物资的安排大力给予支持；

二、将深圳、珠海和汕头市的碣石、达濠

三地划为对外加工贸易区。

就这样,广东作为改革开放的最前沿,最早发出了希望改革的呼声。

中央决定开办经济特区

1979年4月5日至28日,中共中央在北京召开各省、市、自治区党委第一书记及主管经济工作的负责人和中央党政军负责人参加的中央工作会议。

广东省委第一书记习仲勋、主管经济工作的省委书记王全国和一位抓农业的省委常委,出席了这次中央工作会议。

4月7日上午,在中南组的讨论中,王全国提到经济上比例严重失调的问题时,说道:"主要还是由于权力过于集中,地方权力过小,这个问题不解决,扩大企业自主权也是难于解决的,地方没有多大的权力,还有什么权力分给企业呢?我们迫切要求进行体制改革,使地方在中央统一计划下,省、市、自治区真正有一级计划、财政、物资。"

4月10日,王全国再次发言。

在发言中,王全国明确提出,对开展对外经济技术交流的审批权限适当下放,对外汇分成更多地给予照顾,对资金、物资安排大力给予支持。

最后,王全国还代表广东省委建议,运用国际惯例,将深圳市、珠海市和汕头市划为对外加工贸易区。

4月24日,王全国再次发言,他明确提出关于中央与地方分权等问题。

小组讨论结束之后,中央政治局在中南海,听取各小组召集人的汇报。

汇报开始后,作为中南组的召集人,习仲勋对政治局委员们说:"我们省委讨论过,这次来开会,希望中央给点权,让广东能够充分利用自己的有利条件先走一步。允许在毗邻港澳的深圳、珠海以及属于重要侨乡的汕头,各划出一块地方,单独进行管理,作为华侨港澳同胞和外商的投资场所,按照国际市场的需要组织生产,初步定名为贸易合作区。"

习仲勋表示如果中央能够给广东一些在经济决策上的权力,广东早就发展上去了。

接着,习仲勋讲了广东的经济现状和广东省委关于广东开放、搞活的设想。

在汇报中,习仲勋重点提到了广东省委要求中央在深圳、珠海、汕头划出一些地方实行单独的管理,作为华侨、港澳同胞和外商的投资场所,按照国际市场的需要组织生产,并初步定名为"贸易合作区"。

习仲勋的汇报得到了政治局委员们的赞许和支持。华国锋表示,广东可以先走一步,中央、国务院下决心,给广东搞点特殊政策,与别的省不同一些,自主权大一些。

4月底,在向政治局汇报之后,叶剑英向广东省委提出,应该向邓小平作一次汇报。

于是，广东省委的领导就来到了邓小平的家。

当听到要为广东开办"贸易合作区"时，邓小平明确表示支持，他还说道："就叫特区嘛，陕甘宁就是特区。"

有了邓小平等党和国家领导人的支持，开办特区工作的步伐就加快了。

中央工作会议后，根据各组的发言和建议，又根据邓小平同志的倡议，很快形成《关于大力发展对外贸易增加外汇收入若干问题的规定》。

"规定"在"要充分发挥广东、福建两省的有利条件"一节中指出：

> 广东、福建两省邻近港澳，华侨众多，发展对外贸易的条件十分有利。中央规定，对这两省要采取特殊政策和灵活措施，让他们在开展对外贸易，增加外汇收入，加速发展地方经济方面有更广阔的活动余地，为国家四个现代化作出更大的贡献。

回到广东后，广东省立刻成立了由王全国、曾定石牵头的起草小组，具体负责起草《汇报提纲》和《关于试办深圳、珠海、汕头出口特区的初步设想》。

5月25日，经过半个多月的反复研究，王全国等人终于起草完毕《关于发挥广东优越条件，扩大对外贸易，加快经济发展的报告》。

这个报告包括以下五个方面的内容：

一、扩大对外贸易，加快经济发展的优越条件；二、初步规划设想；三、实行新的经济管理体制；四、试办出口特区；五、切实加强党对经济工作的领导。

6月6日，经过讨论研究后，广东省委向中共中央、国务院上报这个报告。

与此同时，中央对开办特区的工作也非常重视。

1979年5月11日至6月5日，时任国务院副总理的谷牧，率领中央工作组来到广东、福建。

陪同谷牧一同到来的还有，国务院进出口领导小组办公室甘子玉，国家计委段云，外贸部贾石，财政部谢明，建委、物资部等部门同志组成的工作组。

谷牧一行包括了外贸、财政、建设、物资等部门，可谓阵容庞大，也显示出了中央对开办特区的重视。

在广东的18天里，谷牧同习仲勋、杨尚昆、刘田夫、吴南生、王全国、曾定石等同志座谈讨论，先后看了广州、深圳、珠海、佛山、中山、新会、汕头等地，还约见时任港澳工委书记的王匡同志到广州交换了意见。

当时，叶剑英正好也在广东，谷牧就专门去作了汇报，并和叶剑英充分交流了看法。

接着，谷牧一行又驱车来到福建。

在福建的8天里，除在福州与廖志高、马兴元、郭超、毕际昌等同志讨论外，谷牧还看了漳州、厦门、泉州等地。

每到一地，谷牧都与地方同志一道分析那里的经济发展条件，研究规划目标和重要措施，讨论如何改革经济体制，增强地方经济活力，加强对外经贸工作，增收外汇，增加先进技术的引进。

回京后，谷牧除了向党中央、国务院写了书面报告外，还面报了几位中央领导同志。

谷牧的考察结果，给中央带来了更大的信心，中央决策层胆子更大了，速度更快了。

1979年7月15日，中央颁发了［1979］50号文件，即《中共中央、国务院批转广东省委、福建省委关于对外经济活动实行特殊政策和灵活措施的两个报告》。

"报告"决定：

> 广东省的深圳市、珠海市、汕头市和福建省的厦门市，各划出一定范围的区域，试办经济特区。
>
> 在特区内，在维护我国主权、执行我国法律、法令等原则下，实行经济开放政策，吸引侨商、外商投资办厂，或同他们合办企业，引进先进技术，发展对外贸易。

自此，开办特区的帷幕正式拉开了！

颁布广东经济特区条例

1979年5月,习仲勋在对广东省、地、县三级主要领导干部谈话时,说出了当时自己的心境,他说:"我的心是一喜一惧。"

对于喜,习仲勋说:"'先走'也好,'要权'也好,广东的目的已经达到,能够在实现'四化'中先走一步,为全国摸索一点经验,这个任务很光荣。"

关于惧,习仲勋说:"惧的是我们的担子很重,任务很艰巨,又没有经验,困难不少,怎样搞好,能否搞好,我是有些担心的。"

在当时,与习仲勋一样担心的可不止一人,而是一大批人,而最为关键的是,在这些担心者中还有外商。

当时,吴南生的一位海外朋友就对他说:"你中国无法可依,无规可行,要人家来投资,谁敢来?特区要同国际市场打交道,就不能开国际玩笑。"

要让外商们放心,必须有法律来保护外商的利益。

事实上,特区的筹划者们,从事情的一开始,就想到了这件事。

他们在第一份《关于试办深圳、珠海、汕头出口特区的初步设想(初稿)》中,就明确写道:"建议中央有关单位尽快提出一些立法和章程。"

党中央随后就接到广东省委《关于发挥广东优越条件，扩大对外贸易，加快经济发展的报告》和福建省委的《关于利用侨资、外资，发展对外贸易，加快福建社会主义建设的请示报告》。

1979年8月，也就是中央发出50号文件半个月后，《特区条例》的起草工作就开始了。

该项工作由吴南生牵头，秦文俊和曾经做过陶铸秘书的丁励松具体负责起草。

很快，《特区条例》的初稿就拿出了。

然而，由于吴南生等人对外面的情况不熟悉，思想上的框框又不少，反映在条例中总是同当时世界上举办出口加工区的做法区别很大，不能体现造成吸引力的要求。

后来吴南生回忆说：

> 外面的朋友看了都摇头，说我们的条例对投资者不是"鼓励法"，而是"限制法"。

为此，《特区条例》又进行了多次修改，等到了12月京西会议的时候，已是11次易稿了。

在起草《特区条例》时，寻找理论依据也是一个重要的工作。为此，很多专家学者做了很多工作。

在当时，关于真理标准的讨论已经结束，人们对开放问题的认识已经有了很大程度上的提高，但是对于办经济特区这样在社会主义发展史上开天辟地的大事，许多人还存有疑虑乃至非议。

在这样的一种情势下，在马列著作中，寻找相关言论支持特区，无疑是很有用的，对特区来说，它会是一张很管用的通行证。

于是，一批精通马列的专家学者，被集中到中共广东省委党校，一次成规模地找理论依据的工作就此展开。

理论根据当然要在马列经典著作中去找，这对那些早已熟读马列著作的专家学者来说，并不是多大的难事。

很快，他们就从《共产党宣言》中，找到马克思关于国家土地应该有偿使用的论述。

同时，理论工作者还举出了列宁的一段关于改革的论述。列宁说：

要乐于吸取外国的好东西，苏维埃＋普鲁士的管理制度＋美国人的技术和托拉斯组织＋美国的国民教育＋……的总和＝社会主义。

作为伟大革命导师，列宁的话在当时无疑是权威的，是绝对没有人敢对列宁说"不"的。

于是，当吴南生把列宁的这句话告诉谷牧时，谷牧非常高兴，他笑着连连说："真是太好了！解决了一个大问题！"

此后，列宁的这段话一直反复不断地为特区人在不同的时间、地点引用和强调。

后来，特区人将引进外国的先进技术、人才以及向海外一切有利于经济发展的法令、法规和政策措施学习，施以一个冠冕堂皇的词汇，即"资为社用"，其理论依据就是列宁的这句话。

1979年12月17日，在北京京西宾馆召开的广东、福建两省工作会议上，吴南生汇报了特区条例起草情况。

12月下旬，广东省第五届人民代表大会第二次会议，审议并原则通过了《广东省经济特区条例》。

关于《广东省经济特区条例》的一些情况，负责起草的丁励松后来回忆说：

> 这个只有一千多字的法规，是从纯青的炉火中提炼出来的，可以说是字字千钧。它的艰难之处在于：一是要不要赋予特区充分的自主权，如果不能跳出现行体制之外，特区仍被捆住手脚，开放、改革的试验势必流于空谈。
>
> 二是对海外投资者的优惠政策、待遇，如何定得适度，如果在税收、劳务、地价等方面不比邻近的地区有更强的吸引力，人家肯定不会来。
>
> 三是因于传统观念，由于担心人们产生不必要的联想，在某些提法上不得不做字斟句酌的推敲，例如："地租"的"租"字是犯忌的，

因为过去有过"租界"、地主"收租"之类的称谓。经过大家的冥思苦想，最后改叫作"土地使用费"，这在当时也是个不小的发明。

当时，开办特区遇到的争议太大，因此《广东省经济特区条例》如果能够得到全国人大的通过，其意义是非常巨大的。

所以，一开始，吴南生就多次对副总理谷牧说："这个法一定得要拿到全国人大去通过！"

当然，吴南生的提议也遭到很多人的反对，当时，全国人大马上就有人提出异议：《广东省经济特区条例》是广东省的地方法规，要全国人大通过，无此先例。

吴南生就针锋相对地说："特区是中国的特区，不过是在广东办。"他还说："社会主义搞特区是史无前例的，如果这个条例没有在全国人人通过，我们不敢办特区。"

同时，吴南生还把电话直接打到全国人大委员长叶剑英元帅的家里。

在电话里，吴南生恳切地说："叶帅呀，办特区这样一件大事，不能没有一个国家最高立法机构批准的有权威的法规呀！"

听了吴南生的话，叶剑英并没有做过多的表示，他只是说了三个字："知道了。"

当然，叶剑英是支持开办特区的，为此，他在全国人大做了很多工作，反复地对大家说："特区不是广东的特区，特区是中国的特区。"

副总理谷牧对特区的改革工作也是时刻关心着。

此时，谷牧明白，开办特区这是一项重大决策，是中央"对外开放""对内搞活"的重要步骤。

在当时计划经济体制之下，需要说服各个部门支持，组织实施的工作非常具体，十分复杂。

1979年下半年，谷牧在北京多次召开会议进行协调。不久，谷牧又去广东、福建与地方同志进行研究。

1980年3月下旬，谷牧又受中央委托，在广州主持召开广东、福建两省工作会议。

当时两省的主要负责同志习仲勋、杨尚昆、刘田夫和马兴元、郭超同志都参加了会议，到会的还有国务院有关部门和港澳工委的负责同志。

谷牧到广东时，还对吴南生讲："我们要做的第一件事，就是搞特区法、特区条例。"

1980年8月26日，第五届全国人民代表大会第十五次会议，审议批准建立深圳、珠海、汕头、厦门4个经济特区，并批准公布实施了《广东省经济特区条例》。

"条例"第一条明确规定：

为发展对外经济合作和技术交流，促进社会主义现代化建设，在广东省深圳、珠海、汕头三市分别划出一定区域，设置经济特区（以下简称特区）。特区鼓励外国公民、华侨、港澳同胞及其公司、企业（以下简称客商），投资设厂或者与我方合资设厂，兴办企业和其他事业，并依法保护其资产、应得利润和其他合法权益。

《广东省经济特区条例》包括附则，共 6 章 26 条，内容包括总则、注册和经营、优惠办法、劳动管理、组织管理等内容。

《广东省经济特区条例》是特区建设的纲领性文件，它的颁布标志着汕头经济特区诞生了。

进行汕头经济特区的筹备工作

1980年初,按照中央和广东省关于在汕头试办出口特区的指示,中共汕头地委便开始了试办经济特区的一系列筹备工作。

1月22日,汕头经济特区筹备工作组最早成立。该工作组成立后,立即着手进行汕头特区的选址、勘探、规划等筹建工作。

当时,根据中央和广东省创办特区的精神,筹备工作组发现特区范围有三个方案可供选择:一是汕头港南岸达濠岛南端的广澳村一带,二是汕头港北岸市郊区珠池肚一带,三是龙湖村。

经过细致的调查研究,筹备工作组反复权衡利弊后,一致认为龙湖村西北角占地1.6平方公里的沙丘地带,作为出口加工区最为合适。

为此,筹备工作组还详细列举了龙湖村西北角作为特区的优点:

1. 紧靠市区水厂、电站,距市郊的东墩水厂仅1.7公里,距东墩变电站仅1.3公里。

2. 紧靠海岸,距离仅2公里,便于兴建港口、码头,临近妈屿岛,距离汕头港只有7公里，而且这里已有两座3000吨泊位的货运码头和一座3000吨泊位的客运码头。

3. 与东北郊的外砂飞机场相距17公里，便于客商出入。

4. 地势较高，平均标高3米，利于排洪泄水，周围为4米以上沙丘，不受海潮侵袭。

5. 地质较好，地面以下6米深都是沙土层，6至12米处为淤泥层，12米以下为黏土层，对地上建筑物有一定承载力，有利于工程建设，地面平坦，稍加平整即可供建设使用。

……

7月12日至14日，广东省委书记吴南生在汕头地委、市委负责同志刘俊杰、程春耕、林衡等的陪同下，一起研究汕头经济特区的选址问题。

按照中央关于汕头要发挥老工业基地作用，充分挖掘现有潜力，兴办出口加工区的要求和节省投资的原则，吴南生等人当场拍板决定：在汕头市区东部龙湖村西北侧设立汕头经济特区，面积1.6平方公里。

就这样，汕头特区的地址和面积确定了。

8月29日，代表广东省人民政府，协调各有关部门与特区关系的广东省经济特区管理委员会，在汕头市设立办事处，负责汕头特区的筹备工作。

10月16日，汕头有关部门向广东省委、省政府呈报

《关于办好汕头经济特区的请示报告》。

"报告"提出创办汕头经济特区的方向是：

> 一方面要建立经济特区加工区，发展加工业，发展新的农业科学技术，发展旅游业，发展转口事业。
>
> 另一方面要改造好原有的老企业，充分发挥老企业的作用，通过办加工区，带动原有企业的改造，又促进经济特区的发展。

很快，广东省委、省政府批准了汕头的这份请示报告。

同年11月14日，办事处正式改名为汕头经济特区管理委员会，主任由中共汕头地委常委、汕头市委副书记刘峰兼任。

从此，汕头经济特区建设的序幕正式拉开。

二、大胆开拓

- 谷牧幽默地说："目前，对办特区的认识并不是那么统一，议论很多，很敏感，我是准备让人家'火烧赵家楼'的。"

- 有人质问刘峰："既然外商可以解除工人的聘用合同，那工人阶级的主人翁地位如何体现？"

中央支持汕头经济特区

1981年5月,华北地区已进入了夏天,30多摄氏度的高温不时袭扰着古都北京。

5月底,国务院副总理谷牧在北京主持召开广东、福建两省工作会议。

这次会议除广东、福建两省的主要领导干部任仲夷、项南等同志和党中央、国务院有关部门的负责干部外,还邀请了多位经济学家参加。

经过与会双方的讨论,最后,大家将会议讨论的意见写成《纪要》,并上报给党中央、国务院。

关于此次会议的情况,谷牧后来回忆说:

> 这些意见,是对中央作出举办特区决策以后的有关各项方针政策的集成和发展,对举办特区的指导思想、基本操作规程、重要的政策性措施、正确处理内外关系、内部权益分配等问题,构筑了总体框架。
>
> 从那时起20多年的时间里,尽管具体规定有了不少调整,尽管有些方面发展了,有些方面停止执行了,但总的看,各项工作基本还是按这个框架进行的。它对特区的建立和发展起

了重要的作用。

1981年7月19日，中央以中发［1981］27号文件批转下达了此次会议的《纪要》。

正如谷牧所说，此次会议为特区的发展提供了一个方向和框架，也为以后汕头以及深圳、珠海的发展提供了有力的帮助。

开办特区，很重要的一条就是引进外资。对此，中央领导非常清楚，所以，中央在特区利用外资上也给予极大的关心。

7月中旬的一天上午，邓小平派人找来了万里、姚依林和谷牧，对经济工作作了重要的指示。

在谈到引进外资时，邓小平说："哈默石油公司对我有个启发，外资值得利用，长期计划中一些骨干项目，我们自己搞要十几年才能搞成，利用外资也许只要五六年。要搞，就早点动手，主动去搞。"

特区成立之初，广东、福建、浙江三省沿海出现了走私贩私泛滥的严重情况。

在当时，国内市场商品匮乏，供应紧张，什么电视机、录音机、计算器、优质布料等等，都是可望而不可即的商品。

在这种情况下，国门一开，相应的防范措施跟不上，久已存在的走私贩私活动的泛滥是必然的。

据后来负责打击走私的谷牧回忆说：

记得最严重的广东、福建的几个沿海渔港、渔镇，成了走私贩私的大据点，私货蜂拥而进，贩私络绎于途，以致发生了这样的现象：工人不做工，农民不种田，渔民不下海，学生不上课，一窝蜂似的走私贩私去了。

由于此次走私贩私的泛滥，主要是在开放地区发生的，有些人就对开放画问号了，特别对举办特区的这件事摇头了。

面对疯狂的走私形式可能会给特区，甚至对外开放政策带来更大的阻力，中央领导同志都感到，不采取果断措施不行了。

1981年12月15日到23日，中央召开各省、自治区、直辖市党委第一书记座谈会。这个会主要是讨论经济工作问题，部署了1982年的工作。

会议结束后不久，中央有关领导又把广东、福建两省的主要领导找回来，专门座谈讨论开展打击经济领域里，包括走私贩私在内的违法犯罪活动问题。

在会上，胡耀邦和中央书记处的其他同志以及中央军委、中央纪委等有关部门的负责同志，都作了讲话和发言，表明了中央打击走私的立场和决心。

在会上，副总理谷牧受命组织打击走私贩私的斗争。同时，中央还决定组建国务院打击走私领导小组，谷牧任组长。外贸部、海关总署、公安部、国家工商局等有关部门的负责同志参加作为成员，依托海关总署设立了处理日常工作的办公室。

经过采取有效措施，加强海上堵截和陆上检查，严格实行渔政管理，整顿走私严重地区的基层党政组织，从多方面进行综合治理，还依法惩办了几个罪大恶极分子，打击走私领导小组取得了不错的成绩，走私这股邪风压了下去。打击走私的成功，为特区的发展提供了重要的条件。

汕头及深圳、珠海特区成立之初，全国上下对特区的质疑声一直都很大。

有的把经济特区说成了给外国资本家搞的"飞地"，说是除了五星红旗以外，其他的全都变了。

对于特区有外币流通的现象，有的老经济干部痛心疾首，说本币受挤，这还得了！

同时，一些长期在港澳工作的同志，受到港澳不赞同我们办特区人士意见的影响，也对特区摇头，说些反对开办特区的话。这些同志往往被看成是懂得外部世界的，因此，他们的这种否定态度颇有些影响。

在当时的情况下，由于中国人民多年来饱受帝国主义的欺凌和掠夺，对于同资本主义国家打交道，人民群众有着一种历史形成的戒备心理，加上举办特区又是个新课题，许多人思想上难以接受。因此，当时对特区的质疑也是必然的。

此时，作为中央书记处和国务院分管开放和特区工作的负责干部谷牧，认识到了稳定人心的重要性。因此，他明确地说：

> 实行对外开放已经列为实现社会主义现代化战略部署的重要组成部分，写入了党的历史性决议。大家都知道举办经济特区是小平同志倡议、中央决定、全国人大常委会立法、国务院组织实施的一桩大事。所有这些，都没有更改。中央领导同志中，没有谁真正明确地说不实行对外开放，也没有谁公开在会议上讲特区办错了。街头巷尾那些是是非非的议论随它去，我还是要坚持把这桩事向前推进。

1982年初，国务院实行机构改革，国家撤销了涉及对外的几个部门，由谷牧专门负责对特区的管理。

当时，谷牧意识到，管理特区总得有几个帮手。经报请国务院主要领导同意，便从已撤销的进出口委机关的干部中，选了何椿霖等8个人，组织一个小班子，在谷牧的领导下办理有关事务。

在组织好这个班子时，谷牧和其他同志花了很多工夫。

最初，谷牧等人想把小组命名为特区办公室，后经过反复考虑，最后确定叫特区工作组，隶属国务院办公厅编制序列。

此时,谷牧等人就想,叫"组"也罢,叫"办"也好,反正办这桩事就是了!

这个小班子建立后,谷牧便尽快第一次召集他们8个人开会,除了布置工作以外,谷牧还特意讲了一番交心的话。

谷牧幽默地说:"目前,对办特区的认识并不是那么统一,议论很多,很敏感,我是准备让人家'火烧赵家楼'的。"

看了看大家,谷牧又笑着说:"但是,我认为大概不会出现这样的前景。你们谁要有顾虑,不愿做这个工作,及时提出,可以另行分配。我不勉强你们哪一个。"

停顿了一下,看看大家没有意见,谷牧接着说:"不过,我也告诉你们,不论出什么问题,板子不会打到你们身上,只算我一个人的账。"

谷牧说这些话是有原因的,当时小组的成员当中确有人受到这样的"忠告":"你们上了特区这条船,就不怕船翻了?"

但是,和谷牧期望的一样,这8位同志思想还是坚定的,大家愉快地接受了谷牧的分配,并且努力做了颇有成效的工作。

在谷牧的领导下,领导小组工作成效显著,这为汕头等特区的建设工作顺利开展提供了有力的支持。

1982年初,陈云有个批示:

广东、福建两省在执行对外经济政策方面，目前第一位的工作是要认真总结经验。

按照陈云的这个意见，谷牧用了较多的时间进行调查研究，决心把特区的几个重要问题进一步搞清楚。

在此基础上，谷牧在关于我国经济特区的性质和功能、关于举办经济特区初步实践的评价、关于经济特区管理的自主权、关于经济特区的基本建设等方面，提出了明确的方向。

在这些思想的指导下，特区的建设方向更明确了。

管委会领导艰苦创业

1980年11月14日,汕头经济特区管理委员会成立了,刘峰成为管委会第一任主任。

刘峰是一位热心改革的闯将,在抗日战争时期,刘峰就开始参加革命,新中国成立后又从事党政工作数十年。

1978年至1981年,刘峰任普宁县委书记。普宁是全省率先搞包产到户的地区之一,刘峰的改革意识和拼搏精神在潮汕大地出了名。因此,由刘峰担任管委会的主任,挂帅汕头特区建设,可谓深得人心。

上任伊始,刘峰"挂帅"创办汕头经济特区,带领第一代的特区建设者,满腔热血开赴特区征程。

创办经济特区,是前人没有尝试过的伟业。当时的汕头,能源不足,楼房破旧,灯不明,水常停,电话不通,道路不平……

面对重重困难、创业维艰的局面,为着共同的信念,在刘峰的带领下,一个个久经沙场的"老革命",踌躇满志的中青年干部,风华正茂的大学生走到了一起。他们顶风沙,冒寒暑,埋头苦干,与野草、仙人掌为伴,在竹棚房里铺上席子,困了倒头就睡,谁也不知道一天工作几小时。

多年以后，刘峰回首这段峥嵘岁月，感慨万千，他激动地回忆说：

作为特区人，对于改革开放，我深深体会到：党的路线政策确实是生命线，群众有无穷无尽的智慧和创造力。要使中国富强，一定要走改革开放之路，走中国特色的社会主义道路。

想升官、想分房子、想提工资，都不要来搞特区建设！当时，来的人既不追名，也不求利，承担着改革试验的风险。

但大家无怨无悔，都有一种理想，就是一定要探索出一条路子来，一定要多办点实事，为改善人民生活作贡献。

创业之初，谈到奋发图强，刘峰想起了潮汕人很熟悉的一句话："要拼才会赢。"

为此，刘峰经常鼓励大家说：

我很喜欢这句话，它把潮汕人的精神特质概括得很好。以前，我们潮汕人漂洋过海出外创业，身上别无长物，一个竹篮装着衣衫，肩上披一条水布，可以说是赤手空拳闯天下。这么多年来，走出去的潮汕人英才辈出，这其中就有着一种奋发图强、勇于拼搏的精神作为强大的动力和支撑。

就这样,在刘峰的带领下,这些特区"拓荒牛"敢闯、敢冒、敢拼,他们的顽强精神与坚韧风骨,一时间成了汕头建设者不朽的动力。

建设者的奋斗精神是有的,然而,创业之初的困难也是非常大的,它既包括人们观念的阻力,还包括资金、技术方面的困难。

当时,汕头特区从0.2平方公里起步,仍遭人反对。在各种场合,通过各种方式反对特区的人事不断出现。

一日,人们发现在一个墙壁上写着歪歪扭扭的几个字:"双峰之墓。"

这个"双峰"指的就是汕头特区管委会首任主任刘峰和副主任杨峰。

面对人们的质疑,汕头的这位主帅不为所动,他每天清晨五时起床,慢跑40分钟之后到达5公里之外的龙湖。

然后,绕着几个足球场大小的特区视察一周,便坐在食堂门口,一碗稀饭、一碟咸菜地吃早饭。

吃完早饭后,一天的紧张工作便开始了。在特区创建初期,刘峰几乎天天如此。

强将手下无弱兵。刘峰如此,汕头的建设者一个个也不甘落后。

1981年冬天,特区第一期开发的0.2平方公里土地的"三通一平"工程启动了。一大群人光着脚,趟过20米宽、水深过膝的龙湖沟,爬上这一片荒芜的沙丘,西北风卷起细沙扑面而来,不见人家、房舍,没有水源、照明,只有一株株仙人掌随风摇曳。

就是在这种环境下,建设者开始了艰难的创业。

没有推土机、没有拖拉机,第一代特区建设者就在这里,带着畚箕、锄头、扁担和铁铲,靠这种原始的工具,向大自然开战。

条件是那样艰苦,特区建设的先行者们顶风沙、冒寒暑,在竹棚房里铺上席子,困了倒头就睡,谁也说不清每天工作多少小时,什么是上、下班作息制度。

当时,到荒沙丘建厂房,都用一块块一尺见方的平板石头铺设道路,有了这个平板路,建设者就能在上面搬沙运石,挑土走路。

为了节省,这些石头可以经常搬动,这片地平整完了,就搬到另一条路去反复用。

国务院特区办公室的负责同志来到汕头视察时,看到建设者这种奋斗精神,他们感动了,拍着建设者的肩膀激动地说:"你们艰苦创业的精神,实在难能可贵啊!"

在汕头建设飞速发展之时,根据汕头的实际情况,汕头管委会提出了开发一片、建设一片、投产一片、获益一片的思路,并提出务必使开发的区域能迅速形成生产能力,获得经济效益,得到中央、省领导的肯定。

为此,管委会提出了汕头建设的目标是"投入少,产出多，效益好"。

就这样，在异常艰苦的条件下，汕头人创造了当时的一个又一个奇迹，汕头的环境也发生了巨大变化，昔日荒山沙丘，如今琼楼玉宇。

在建设者的推动下，特区通水、通电、通讯，基础设施配套日臻完善，这为特区进一步发展提供了良好的基础。

汕头经济特区利用华侨资源

1981年11月14日,汕头经济特区正式创立。从此,这片神奇的土地翻开了现代化建设的崭新篇章,也迈上了上下求索破旧立新的光辉历程。

与艰辛的建设相比,理论的责难一直是个大问题。并且,汕头管委会领导刘峰、杨峰很快就发现,理论的责难,远比设法在一片荒地上盖起几幢楼房来要难应付得多。

特区走的路是一条全新的路,许多问题,连他们自己也说不太清楚。

改革劳动用工制度,实行合同制。有人提出的质问就难住了他们:"既然外商可以解除工人的聘用合同,那工人阶级的主人翁地位如何体现?"

按当时的看法,这可是个原则问题,非回答不可,想回避都回避不了。

情急之下,刘峰就想到了著名经济学家许涤新,希望这个大经济学家能够给特区的建设问题解围。

许涤新是汕头人,此事当然是责无旁贷。然而面对各种责难,纯粹的理论也一时无法解决这个问题。因此,许涤新也只好含含糊糊地解释道:"因为特区是社会主义的特区,主人翁地位的体现,就因为你是社会主义特区的工人嘛。"

也许许涤新的解释多少有些不严谨,但这里更多地包含了一些无奈的成分。

就在请许涤新的过程中,刘峰和杨峰忽然茅塞顿开,一个新的想法诞生了:

> 无论国内国外,有名的潮汕人大有人在。"叶落归根"的家乡观念是这些潮汕游子的特点,如果由这些潮汕籍名人组成一个"特别参谋部",肯定会让汕头的特区建设受益匪浅。

说干就干,在刘峰等人的关心下,很快汕头经济特区顾问委员会成立了,聘请21位香港知名人士为首批顾问。

成立之初,委员会共有77位国内外的老领导干部、外交家、经济学家、金融家、实业家、著名学者、社团领袖被聘为顾问。

汕头顾问委员会中全是些大名鼎鼎的人物:庄世平、许涤新、梅益、肖灼基、汤秉达、陈复礼……仅听这些响亮的名字,顾问委员会对汕头特区建设的巨大作用就可想而知了。

在这个委员会中,作为主任的庄世平,其贡献是巨大的。

庄世平,出生于广东省普宁县(今普宁市)果陇村。

他的祖父辈创办的"协裕批馆",业务远及东南亚,在汕头有"增裕银号",在曼谷有"胜裕兴批馆",在槟城有"潮顺兴批馆",具有一定的影响。

在大陆改革之初,庄世平领导的香港南洋商业银行突破极"左"思潮划下的禁区,在中银系统中率先自置香港德辅道中151号18层大厦,作为永久性办公地点。

此后,庄世平又冲破条条框框,在中资银行中,率先在香港及在国内发行信用卡,业务发展迅速。至70年代末,在香港13家中资银行中,南洋商业银行的实力由原来的第三位跃为第二位,仅次于香港中国银行。

1978年9月,庄世平担任港澳同胞国庆旅行团团长,团员有胡应湘、利铭泽、胡汗辉、廖瑶珠、马蒙等香港各界知名人士,他们到北京等地参加国庆观礼并参观访问。

从此,庄世平拉开了在改革开放新时期动员港澳同胞和广大侨胞支援祖国四化建设的帷幕。

1979年2月22日凌晨,在香港跑马地的一间公寓里,庄世平接到了广东汕头的电话。打电话的是时任广东省委书记的吴南生。

在打电话前,吴南生刚刚向中央建议在广东设立"出口加工区"。

吴南生从港澳报刊和海外经济信息上得到灵感,要办出口加工区,但是国内尚无先例,而且手里没有资料。吴南生紧急向庄世平求救。热心的庄世平欣然应允。

1979年3月中旬，庄世平就把通过各种渠道搜集的有关我国台湾地区出口加工区地区的全套资料，传到吴南生的手里。

同年的4月6日，庄世平又传去菲律宾、新加坡、墨西哥、美国、斯里兰卡等国家创办出口加工区的各类资料。

1979年，庄世平参与了广东经济特区政策法规的制定，并在特区组建之初，给汕头提供了巨大的帮助。

1980年3月，中央正式批准成立"经济特区"。庄世平又大胆建议转让土地使用权，解决了办特区紧缺的建设资金问题，并且引发了国有土地的管理模式的新突破。

同时，在经济特区正式成立后，庄世平以年迈孱弱之躯，每年多次莅临汕头特区考察及听取汇报、提出建议，为汕头发展积极献策。

汕头管委会主任刘峰回忆起庄世平，非常激动。刘峰说：

> 庄老经常不辞辛劳地往来奔波于汕港之间，为特区建设提供了无数有关世界经济动向和经济性特区的资料。
>
> 他还针对特区的具体情况，系统地提出了有关引进外资联合开发、引进外资、侨资银行、开发商品房、成立特区驻港机构、建立特区顾问委员会等六个方面的建议。

这些建议都成为完善特区建设的决策，一一落实并实现了。

在汕头特区顾委会组建之初，汕头方面便聘请庄世平为顾委会主任。

接到邀请后，庄世平率先在香港成立了顾问团，顾问团负责人由庄世平兼任。

同时，香港顾问团确定了各项有关制度，分别成立各专业小组，每月开一次座谈会，每次会议都围绕特区每个时期的主要工作提出建议，对特区的咨询都做出解答。

同时，在庄世平带头成立香港顾问团以后，澳门、加拿大、北京、上海等地的顾问组也先后成立。

汕头经济特区海内外顾问团成立后，在庄世平的带领下，顾委会调动了各个方面的积极力量，广开才路、言路，集思广益，同心同德、群策群力促进了特区建设，成为与国内外联系的桥梁。

顾问团成立后，在庄世平的帮助和带领下，汕头特区创办不久就迎来了一批考察团和投资的先行者。

第一个外国财团美国辛默曼，就是在庄世平的陪同下，来到汕头考察的。

接着，泰国李景河在庄世平的促成下，开始在汕头投资，创办泰华银行，这也是泰国在中国最早的投资者。

在积极牵线引进外资的同时，庄世平还谆谆地嘱咐特区的开拓者，一定要把投资环境搞好。

为此，庄世平生动地比喻说，广东新会是全国有名的"小鸟天堂"，为什么能吸引那么多的鸟类在那里栖息，一代一代繁衍，主要就是因为那里有一个安全、舒适的环境。不仅有优越的自然生活条件，还有政府的保护措施。

因此，庄世平希望，汕头特区也能办成外商的"小鸟天堂"。

汕头特区成立之初，摆在面前的困难是非常多的，其中资金的困难尤其明显。

面对资金严重紧缺的情况，特区管委会、顾委会刘峰、庄世平等人，深入调查研究，并响亮地提出：

实行土地有偿出让、有偿使用，开通财源和税收新渠道！

几年后，《汕头特区国有土地有偿使用试行方案》公布，并在龙湖片区试行实施。

为了支持这项重大改革，庄世平和香港的其他顾问积极参与到汕头特区土地的成片开发中。

从此，汕头特区房地产开发渐入佳境，并带动了老市区以至潮汕各县，有关的法规也趋于完善。

汕头特区的投资环境日臻完善，外向型经济踏上新的台阶。

1983年初，庄世平在参加了普宁华侨中学扩建工程暨侨联大厦落成庆典之后，应邀来汕头并参观汕头特区的地毯厂、玩具厂、农艺场及汕头大学，还与汕头地区的领导罗晋深、程春耕，特区的领导刘峰、杨峰等座谈。

在座谈会上，庄世平用亲身体会，深入浅出地讲解特区建设的几个问题。

首先谈到特区的规划和建设。庄世平认为，有了总体规划之后，一定要逐项分解到工程建设的各个项目去，而且要从自己的实际出发，如厂房建设对每座通用厂房都必须具体详尽规划好，一定要达到质量好、成本低，实用、承载力要适合各个企业的要求。

接着，庄世平还建议要和海关协调好，对厂商要简化手续。对此，他还举例说，外国海关把工作都做到实处，派人直接到仓库，进出货物，由海关人员直接点交，手续既简化，又可防止逃税。

关于引进外资，庄世平首先举了罗新权在北京投资饭店的事例。他认为必须从观念上、物质上方方面面加以改变，才能调动外商的积极性。

庄世平还特别讲了"信用"问题，说和外商签了合同，一定要遵守信用，对外商的正当利益要给予保护。他认为这一点非常重要。

为此，庄世平还耐心地向汕头有关方面，讲了广州在香港引进合作办了一个纺织厂，由于不执行合同，不守信用，让外商亏损了上千万元，因而终止了合同并打了官司。

最后，庄世平说，不仅要有优惠条件，还要有保护条件，让人家一进来就可以安居乐业。这样人家自然会进来。

庄世平的讲话以及他对汕头特区有关部门的建议，对特区的正确发展，具有重要的指导意义。

后来，在一次国际潮学研讨会上，庄世平深情地发出了"潮州帮要帮潮州"的号召。作为世界知名人士，庄世平的号召在潮商界引起了巨大的反响。

在特区顾委会里，不仅有庄世平这样为汕头发展积极奔走的人，还有很多在各个领域为汕头发展作出重大贡献的人。因为有了他们的努力，汕头发展的步伐大大加快了。

在特区顾委会的带领下，全世界各地顾问团、组都做了大量工作，不仅出谋献策，提过许多宝贵建议，还积极穿针引线，提供咨询，帮助特区各有关单位解决具体问题。

此外，各地顾问团、组还对宣传汕头经济特区的建设成就，扩大汕头经济特区的影响，提高汕头经济特区的知名度不遗余力。

在特区顾问委员会的带领下，顾问们除了先后两次参加特区"七五"规划、经济技术发展的规划制订和提出建议外，还在改善汕头投资环境上做了许多努力，对建深水港、深汕专用公路、广梅汕铁路、妈屿大桥、煤电厂等都提出许多宝贵建议。

同时，顾问们还充分利用关系，先后介绍有些国家和地区的人员来特区洽谈考察。香港顾问团成员还引进了20世纪80年代的超声电路线板，引荐客商办实业、办商场等。

1984年2月，时任党中央总书记的胡耀邦在视察汕头时指出：

过去几十年由于"左"的政策，阻碍了祖国和海外潮人的联系。当前，汕头市委要切实落实侨务政策，要重视理解海外乡亲的心情和愿望，凡事做到入情入理，要讲乡情、乡谊。

侨胞回来投资要做到有情、有名、有利，充分调动海内外人士共同建设汕头经济特区、振兴潮汕经济的积极性。

有了党中央的支持，刘峰等人在引进侨资方面胆子更大了。

在胡耀邦视察后不久，遵照胡耀邦的指示精神，汕头特区采取多种形式，加强与潮汕华侨、外籍潮人和港澳台同胞的联系，为他们投资参加家乡建设提供方便和服务，并通过他们组织引进外资。

于是，在汕头特区的推动下，由华侨牵头的投资、信息机构成立了。这些机构负责对来汕投资手续的咨询，并在海外组织对汕头特区的投资。

一时间，在世界各地，这类机构成立了很多家。

在美国，有美国中华汕头技术贸易有限公司；在香港，由泰国金融界人士牵头，成立韩江投资公司。

同时，汕头特区还主动采取"走出去，请进来"的政策，利用出访和邀请来访的机会，加强对外交往，促进汕头经济特区的繁荣。

1984年11月，汕头经济特区管委会主任刘峰，率团参加在香港举行的中国开放城市投资洽谈会，这是最有直接经济意义的活动。

在汕头特区成立的30多年里，汕头人利用潮汕商人遍天下的优势，多方引进资金、技术，为汕头的发展提供了重要保障。

汕头经济特区推行多项改革

在汕头成为特区之时,汕头的各项改革就开始了,而政府机构改革就是其中之一。

谈及机构改革,刘峰向大家讲了一件事。刘峰说:

一次,国庆节快到了,特区需要购买一面国旗。但按当时的规定,购买国旗要报市财政局社会集团购买力办公室审批。结果报上去待批,等批下来,国庆节已经过去了。

讲完这个故事,刘峰面色凝重地对大家说道,"你说,不改革行吗?"

是的,搞特区就是要引进外资,要引进外资,就要为客商提供优质服务。而当时的政府机构,拖沓的办事效率无疑会成为改革的障碍。

当时,中央27号文件也明确提出了要推进特区机构改革。文件指出:

特区管理机构应按精简、高效的原则设置,并赋予充分的权力,使之能独立自主处理问题,协调各方面的关系。

1982年10月，根据中央27号文件精神，为了理顺党、政、企业之间的职能关系，汕头在原只设管理委员会办公室的基础上，不强求对口，只设置了10个党政群机构。

这些机构除规划建设局、工商行政管理局、劳动人事局、公安局等单独设置外，其他都是综合性机构，它们都具有独立处理问题和协调各方面关系的权力。

就这样，汕头初步形成与内地不同的精简、高效的行政管理机制。

机构精简后，特区的行政管理体制能适应对外开放的需要，给外商、侨商来汕头投资以更多的方便。

在这种新型的机构体制下，每一个投资项目从洽谈、签约、立项、批准到开业后的生产经营活动，统由特区经济发展局牵头管理，办事效率大大提高。

在精简机构的同时，汕头还注重通过降低收费标准，保障外商的合法权益。

在特区创建初期，作为特区主帅的刘峰深刻地认识到，汕头因交通比深圳、珠海距港澳远，这给汕头的发展带来了障碍。因此，刘峰认为，汕头如果要想取得发展，必须在政策上更灵活。

为了增强汕头特区对外商投资的吸引力，在刘峰等人的推动下，汕头特区管委会将劳务费控制在比深圳、珠海低三分之一左右，土地使用费、厂房租金等方面也相应降低标准。

　　为此,汕头管委会决定,工业用地使用费每平方米每月0.7至1.1元;通用厂房租金每平方米每月9至18港元,简易厂房租金每平方米每月8至11港元。

　　同时,特区还保障外商的合法权益,尊重"三资"企业的自主权。

　　当时,在汕头特区投资设厂的外商,在遵守国家有关法规和签约合同的前提下,有权选择自己熟悉的经营管理方式,可以委托亲友或其他人管理企业;可以自主安排生产和经营,自行筹措和使用资金;也可以自定工资标准、分配形式和奖惩制度,以及自行聘用或根据劳动合同辞退本厂员工等。

　　这些灵活政策的实行,在当时情况下,给外资带来了很大吸引力。

　　1984年7月和10月,汕头经济特区管委会又两次发布有关进一步调整若干优惠政策的通知,即《关于转发〈关于进一步调整若干优惠政策的建议〉的通知》和《关于印发〈汕头经济特区投资优惠待遇补充规定〉的通知》。

　　"通知"提出:

　　　　降低通用厂房收费标准;延长、放宽免征所得税时间;简化外籍及港澳客商出入境手续,再一次给外商投资以更大的优惠……

汕头推行的改革迅速吸引来了很多外资。

当时，有一个祖籍汕头的澳门商人，一心想为家乡做点贡献。但是，在改革开放之前，由于中国特殊的经济政策，这位商人只能作罢。

20世纪70年代，中国实行改革开放后，这位商人再次来到汕头，对在汕头的投资情况进行考察。

然而，考察的结果却让这位商人心里没底。当时，中国很多部门人员，由于长期观念的影响，对与外商接触还抱有很谨慎的心理。在这种情况下，商人的考察就受到了很多限制。

同时，更让这位商人失望的是政府机构的办事效率。当时，汕头特区还没有正式成立，为了考察一个小项目，他需要跑到广东找有关部门批，而且被有关部门推来推去，一件小事，常常要跑10多个部门，耗下一两个月才能办成。

面对这种情况，这位一腔热情回报家乡的商人退缩了。

实行机构改革后，发展局的干部又想到了这位商人，就委托汕头顾委会的人想法联系他。

顾委会的人联系到这个商人后，商人摇起了头，说道："前几年我考察过，太麻烦了。我还是在澳门经营我的生意吧。"

在顾委会的反复劝说下，商人又动心了，答应再次来汕头看看。

得到这个讯息后,汕头发展局赶紧派出专门人员和这位商人联系,并为他的考察提供了各种便利。

看到发展局如此周到的服务,这个商人高兴地说:"有了你们如此高效的服务,汕头一定会有前途的。我一定会在汕头投资的。"

很快,这位商人就在汕头投资建立了一个大的服装厂。接着,他又陆续投资建了几个企业。

像这位澳门商人一样,在机构改革的推动下,很多国内外的商人都开始来到汕头投资。

汕头经济特区改革初见成效

1981年11月14日,是一个深深刻在汕头人民脑海里的日子。这一天,汕头经济特区正式创办。

从此,汕头与深圳、珠海、厦门一道,得改革开放风气之先,立于时代潮头,翻开了现代化建设的崭新篇章。

11月14日,汕头经济特区管委会宣告成立之时,管委会只有30多个工作人员。

市里拨给的600多万元,加上一辆破旧的吉普车,成为特区人全部的"家当"。

为了解决资金紧张问题,通过积极改善投资环境、注重利用华侨资源等措施,特区政府在招商引资方面取得了巨大成功。

经过特区建设者们几年艰苦努力,在引进外资工作方面取得了一定成绩。

1984年,汕头引进外资出现第一个小高潮。据统计,1984年,累计利用外资签订项目数为40宗,其中独资经营的11宗,合资合作的24宗,补偿贸易的5宗,合同利用外商投资额累计为3.3051亿美元,实际利用外资额为7.793亿美元。

在众多利用外资的项目中,汕头大学这个项目可谓是最具有重大意义。

很多年来,"粤东地区必须办一所大学",这是几代潮汕人的梦想。

在改革之初,时任广东省高教局局长的林川,带领一个教育团前往香港考察,遇到庄世平,提出潮汕地区必须建立一所大学的想法。

庄世平认为,民族复兴,最根本的是教育,是培养人才。因此,他对办汕头大学的想法非常支持。

1980年5月24日,经过多方努力,汕头大学筹委会经广东省委批准,宣告正式成立。时任省委书记的吴南生兼任筹委会主任,庄世平任筹委会副主任。

办汕头大学,这一历史性工程正式启动,勘察、选址工作随之展开。

然而,办一所名牌大学谈何容易。首先,庞大的资金从哪里来?国家拨款?正是改革开放初期,"百废待兴",国家拨款不可能,只能是民间筹集。

为此,庄世平提出,可以在香港成立基金会,动员广大华侨捐资建校。

随后,庄世平与李嘉诚商讨办学事宜,他们的想法不谋而合。他们之间的一次历史性谈话,促使办汕头大学的梦想成真。

李嘉诚说:"办一所大学要多少钱?"

庄世平说:"大学像海洋一样,多少钱都可投进去。我和吴南生先生商量过,第一期开办费需要3000万元。"

李嘉诚说:"3000万港元够吗?"

庄世平说:"这已是不小的数目了。作为开办一所规模不大的大学,也是可以的。至于以后要扩大发展,当然还需要更多的投入。"

顿了顿,庄世平又强调:"只要有个良好的开端,会后继有人的,将来一定会得到海外华侨、港澳同胞的响应。"

于是,李嘉诚当即拍板,捐赠港币3000万元,并说:"筹建汕大第一期工程就由我开头吧。潮汕人遍布世界各地,豪商巨贾也不少。众志成城,集腋成裘,汕大一定能办起来的。"

资金的问题解决了,选址的担子再一次被庄世平挑起。当时,从学校选址到校园设计,庄世平都全程跟进,出谋献策。

汕大筹委会成立后,由吴南生和庄世平主持选择校址,初步在汕头选定三个地点:岩石风景区、市郊龙湖和桑浦山下。

1980年底,李嘉诚在庄世平陪同下,坐飞机直飞汕头来勘址,最后确定在桑浦山下。

预定校址坐落在潮安、澄海、揭阳、汕头市区交界处,离市区仅7公里,背倚重峦拥翠的桑浦山麓,面向广阔的沃野平川。校内日月潭水库,碧波荡漾,鸟语花香;附近龙泉岩,泉水甘洌,常年叮咚。

早在明代嘉靖年间,这里就是兵部尚书翁万达的

"翁公书院"。如今这里依然故迹犹存,书香远播。

这是一块风水宝地,李嘉诚欣喜万分,他对吴南生和庄世平说:"好,学校就建在这里!"

李嘉诚又拨巨款,请香港最著名的伍振民建筑师事务所进行总体设计,几易其稿,经李嘉诚、庄世平多次指点、审阅,1982年初总体设计完成,拿回汕头,征求各方专家、部门意见。

这个设计,格调高雅,气势磅礴,不仅得到了许多人的赞叹,还引来一些议论。

较为集中的议论是,校园中央的主体楼群行政楼、教学楼、图书馆、食堂、学生楼等近10幢环形大楼,连成一体,楼下第一层一律作为空间走廊的方案是否可行。

有人说这样设计太浪费;有人说增加噪音,互相干扰……对这些,庄世平深思熟虑,提出自己的看法:"设计时楼与楼间隔60米,中间是绿化庭院,这样可以避免噪音影响;楼下为空间走廊,避免师生们日晒雨淋,还可以成为他们文娱活动和散步休闲的好去处。"

严谨周密的构思,得到了与会筹委、专家、各部门负责人的绝大多数赞同。

于是,吴南生拍板:"我看这个设计好,按李先生和庄老的意见修改后,可付实施。"

在建校过程中,庄世平和李嘉诚志同道合,两人相互的信任和友谊也与日俱增。

李嘉诚在致筹委会的一封信中写道:

昨与庄世平先生晤面，藉审大学筹备工作进行情况。为使建校计划及设备购置各项预算更臻完善起见，本人兹特自动建议将照原定预算全部大学建设费港元三千万元增加百分之五十共为四千五百万元。上述捐款，配合筹备需要，每次调动当接获庄世平先生通知七日后当即如数汇上。

在过去筹备期中，歉以事备纷如，未克参加实际工作，但或有需本人效劳之处，敬烦由庄先生转知，自当悉力以赴。

这封信字里行间，也展示出李嘉诚对庄世平的重托和无比的信任。

于是，很快，一笔笔巨额资金源源注入筹委会。庄世平全程跟踪、全程服务，使每一笔捐款都落到实处，发挥最佳的效应。

因此，人们都说，庄世平实际上扮演的是汕大建设执行总监的角色。

汕头大学第一期工程总面积12.6万平方米，1984年元旦举行奠基典礼，1986年竣工。

整体建筑，除体现民族传统、潮汕特色外，还洋溢着现代气息和时代精神，被国务委员谷牧和著名诗人赵朴初分别誉为"全国高校之花"和"世外桃源现代家"。

随着汕大工程大规模展开，李嘉诚对汕大的捐赠，成倍甚至呈几何级数增长，1989年达5.7亿港元；1997年底，达12亿；2001年，达18亿；现今已逾23亿！

这显示出了商界巨人李嘉诚要把汕大建成中国和世界一流大学的决心。这其中，也倾注了庄世平的大量心血和无尽深情。

1987年2月10日，汕头大学成立第一届校董会，在此次会上，李嘉诚为名誉主席，吴南生任主席，庄世平任副主席。

汕头大学校董事会的成立，就是中国教育管理体制的重大改革和突破。

庄世平、李嘉诚、吴南生等又多次讨论、审议《汕头大学校董会章程》，几易其稿。1987年2月11日获校董会通过，该年11月4日获广东省人民政府批准。

依托李嘉诚巨额的资金支持，汕头大学在创办之初就有了得天独厚的优势，硬件建设和环境堪称一流。仅仅20多年间，汕头大学就成为可以与很多国内名校相媲美的高校。

面对汕头大学的成就，人们感叹：如果没有特区的成立，如果没有政府好的引资政策，汕头大学是不可能取得如此巨大成功的。

除了引资于教育领域，经济建设领域的引资、合资也逐渐多了起来。

1980年11月，汕头经济特区发展公司与香港正大国际投资公司合作，兴办了特区第一家中外合作企业，即汕头地毯厂。

一开始，该厂在市区租用厂房试产，1983年9月，龙湖加工区厂房竣工后，汕头地毯厂迁入特区，开始正式投产。

汕头地毯厂有固定资产200万港元，注册资本250万港元，厂房面积4056平方米，工人160人，并拥有从美国、日本、中国香港引进的地毯织造机、手提织针机等生产设备，从新西兰、澳大利亚等地进口原料，从事各种手织或机织胶背地毯。

雄厚的实力使汕头地毯厂的产品很受欢迎，产品销往日本、欧美、东南亚等国家和地区，少量内销。

也正因此，汕头地毯厂是汕头特区首家产品出口型的工业企业。

1984年1月1日，由汕头经济特区商业服务公司与香港文泰利公司合资经营的汕特第一家中外合资企业龙湖商场有限公司正式开业。

龙湖商场坐落于汕头经济特区南部，面积1300多平方米，是一家综合性商场。

龙湖商场实行"特事特办"，开展商品寄售、代销等业务活动，主要接待前来汕头市的外宾、华侨、台湾同胞、港澳同胞和特区的干部职工。

1984年9月，特区物资公司等与湖北大冶钢厂黄冶公司等合资兴办的汕冶拆船轧钢联合总公司成立。

该公司总投资600万元，拥有雄厚的技术力量，迅速成为汕头特区首批技术密集型企业。

通过招商引资，特区的"窗口"作用和内地特别是潮汕地区经济发展中的潜在优势相得益彰，互补互利，不仅促进了汕头特区经济的发展，同时也带动了潮汕地区乃至更广泛的内地的经济的发展。

到1984年底特区区域扩大前，汕头特区的工业已建立起一定的基础，这为汕头特区的进一步发展，奠定了雄厚的基础。

三、深化改革

- 邓小平认为,特区成为开放的基地,不仅在经济方面、培养人才方面使我们得到好处,而且会扩大我国的对外影响。

- 张一弓感慨地说:"厂子改革后,我们都没有下岗,而且单位效益提高了,我和爱人的收入也提高了。"

- 林兴胜还铿锵有力地说道:"经济特区在建立外向型经济体系中应该起示范作用!"

中央深化经济特区改革

1984年春节前后,改革开放的总设计师邓小平,到南方的深圳、珠海、厦门3个特区进行视察。

在视察中,邓小平对建设经济特区的政策和3个特区获得的建设成就,都给予了充分肯定。

同时,邓小平给经济特区题词:

把经济特区办得更快些更好些。

1984年2月,邓小平回到北京后,就和中央几位领导同志座谈,讨论进一步办好经济特区和进一步开放沿海港口城市的问题。

邓小平对大家说:"这次我到深圳一看,给我的印象是一片兴旺发达。"

邓小平认为,特区成为开放的基地,不仅在经济方面、培养人才方面使大家得到好处,而且会扩大我国的对外影响。

邓小平还把经济特区的作用概括为:"特区是个窗口,是技术的窗口、管理的窗口、知识的窗口,也是对外政策的窗口。"

邓小平还对全国对外开放工作提出了重要意见,他

指出:

> 我们建立特区,实行对外开放政策,有个指导思想要明确,就是不是收,而是放。

邓小平的讲话,进一步统一了全党思想,澄清了当时社会上对办经济特区的某些疑虑,明确了特区在社会主义现代化建设中的作用和功能,对坚持实行开放政策有着十分重要的意义。

1984年2月底,为了贯彻邓小平1984年春视察深圳、珠海、厦门3个经济特区的题词和讲话精神,加快汕头经济特区建设步伐,由谷牧主持召开的国务院经济特区工作联合办公会议,专门讨论特区问题。

经过讨论,决定由广东省人民政府通盘研究。会议提出:

> 为了便于今后管理广澳湾外商独资石油化工联合企业,以及今后陆续兴建的其他外资企业,广澳湾可考虑划为汕头特区的一部分,这个问题和汕头特区为引进农业先进技术规划的农业区是否划入特区问题,都由广东省人民政府通盘研究,征求各方面的意见,提出调整汕头经济特区区域范围的方案,上报国务院审批。

根据这一精神，汕头市委、市政府组织有关部门的领导干部、工程技术人员进行研究，并听取了省政府派出的经济特区规划评议组的意见，制定出调整汕头经济特区区域范围的方案。

4月18日，汕头市委、市政府召开汕头市经济工作会议。此次会议是贯彻落实党中央进一步实行对外开放重大战略决策，加快汕头经济建设步伐的一次重要会议。

在此次会上，代表们听取了沿海部分城市座谈会的传达，认真学习中央领导同志的重要指示。

会上，汕头市委副书记、市长程春耕代表市委、市政府，提出了"珍惜有利时机，充分运用中央给予的特殊政策，大鼓干劲，急起直追，放开利用外资、引进先进技术步伐，千方百计加快我市经济的发展"的要求。

与会代表普遍反映，邓小平同志关于实行对外开放政策不是收而是放，对沿海部分城市进一步开放的重要指示，是继兴办特区之后，我国实行对外开放政策又一新的重要步骤，其意义十分深远。

最后，到会代表纷纷表示，要坚决拥护中央领导同志的重要指示，深刻领会中央这一战略决策的重大意义，按市委的步骤，放开胆子，放开步伐，更自觉地贯彻对外开放政策，建设好汕头经济特区，决不辜负中央的期望。

5月23日，汕头市委向广东省委、省政府，上报《关于调整汕头经济特区区域范围的请示报告》。

8月2日,广东省政府组织有关部门组成的汕头经济特区规划评议组,对汕头经济特区区域调整方案进行实地勘察和评议。在充分考虑汕头发展的需要和反复征求各方面意见后,将方案上报国务院。

11月29日,国务院以〔1984〕国函字167号文件,正式批准汕头特区对区域范围做适当调整。

调整后的汕头经济特区分为两片,共52.6平方公里。具体包括:

> 龙湖片22.6平方公里,广澳片30平方公里。把原定给汕头特区的农业(控制)区和港口(预留)区及准备举办石油化工联合企业的广澳片正式划归特区。

汕头特区区域的扩大,标志着汕头特区从1.6平方公里的工业加工区模式中解脱出来,开始朝着工、农、商、贸、科研、旅游等各业的综合性经济特区的方向发展。

从此,汕头特区的舞台更大了,天地更广阔了。

汕头外引内联促发展

1984年12月10日至11日,汕头市政府和汕头特区管委会联合召开内联工作会议。

此次会议主要讨论如何充分发挥特区优惠政策的优势,发展特区与市区、潮汕各县(市)的横向经济联合;如何运用"龙头"、"龙尾"政策,将特区的对外开放和优惠政策与内地的资源、资金、技术优势有机结合,以更好地发展特区与内地的经济。

最后,会议讨论并制定了《汕头经济特区内联企(事)业若干问题的暂行规定》。文件在税收、土地征用费、厂房租金等方面实施一系列优惠措施,调动内地到特区小企业的积极性。

1986年1月,汕头特区召开第二次内联工作会议,总结了特区办内联企业的成绩、经验,讨论修改了《汕头经济特区内联企(事)业若干问题的暂行规定》,给予内联企业在税收、收费标准、外汇调剂等均与特区直属国有公司享受同等待遇的政策。

同时,会议还提出了"以中小企业为主,着重发展精、小、轻、新的产品"的指导思想,提出了"争取内联企业产品出口比例在60%以上"的要求。

当年3月,汕头特区管委会以汕特委〔1986〕34号文公布了《汕头经济特区内联企（事）业若干问题的暂行规定》。

在特区内引外联政策的激励下，汕头在引进外资与联合国内企业方面取得了巨大突破。

在引进外资方面，到 1990 年，汕头共引进外资项目 174 项，协议投资额为 1.77 亿美元，其中有 34 家 "三资" 企业，其产值在 1000 万以上。

在这些外商投资企业中，一些规模较大、效益较高的企业已陆续形成，不少企业发展成为特区乃至全国骨干企业。

1985 年，由澳门侨商郑士彦、郑士楷兄弟独资兴办的汕头特区首家外商独资陶瓷生产企业，特区华达宝陶瓷制作厂有限公司成立了。

成立之时，公司注册资本只有 800 万港元，员工 176 人，厂房面积只有 2028 平方米。

公司成立后，在汕头外引内联各项优惠政策的推动下，公司取得了快速的发展。

至 1990 年，公司厂房扩大至 3.4 万平方米，增加了 15.76 倍，职工总数增至 2127 人，增加了 11.1 倍。

不久，公司注册资本增加到 1200 万港元，并与建业陶瓷公司协作，兴办了建华陶瓷工业有限公司。

在内引外联政策引导下，汕头有些外资企业还从单一企业发展为集团性企业。锦荣企业有限公司就是一个例子。

1989年底,锦荣企业有限公司先后在汕头特区投资兴办5个企业,逐步形成企业集团。

锦龙织染制衣有限公司,在创办成衣、织染厂的基础上,1990年又办起洗水厂,投资总额超过1亿港元,还投资1.5亿港元,兴办起真丝织造厂、织染厂、洗水厂、制衣厂配套,从而使锦龙织染制衣有限公司成为国内规模较大的真丝成衣制造基地。

与锦龙公司一样,1987年创立的春源鞋业集团,至1993年已发展成为拥有11家公司、23家生产厂,员工达4000多人的企业。

春源鞋业生产的"托比"等名牌鞋产品和高档雨衣,在国内外市场赢得了众多客户。

集团董事长林显利还眼光独到地开创国内高等学府与外商企业联合办学的先例,办起了华南理工大学成人教育学院春源分院,以提高员工的素质。

在逐步积累资金、技术、人才和管理经验的基础上,汕头特区通过修订产业政策和行业结构规划,注意做好外资引进筛选工作,引导外资投向。

在汕头特区政府的正确引导下,汕头外商投资企业逐步从服装、塑料等劳动密集型行业,开始向电子、机械、高档食品、化工等技术密集型行业转变,涌现出如华星电子科技有限公司、宝丽有机玻璃有限公司、龙程电子有限公司、华享电子陶瓷器件公司、东京电子元件有限公司等一些技术档次较高的企业。

1989年3月，宝丽有机玻璃有限公司成立。

这是一家由汕头特区建设总公司与香港登豪实业有限公司兴办的中外合作企业。

宝丽有机玻璃有限公司安装的第一条有机玻璃线采用铸模生产方式，较之国内普遍使用的压塑方式更科学，且耗能较低，能生产红蓝黄等10多种不同颜色的产品及不同厚度规格的板材，产品大部分销往英国、加拿大、澳大利亚等国家。

1990年，华星电子科技有限公司成立。这是台湾忆华电机公司通过香港敏来实业有限公司投资创建的大型高科技电子企业。

公司位于汕头经济特区发祥地的龙湖区，总占地面积60亩，现代化配套厂房1.56万平方米，投资总额达2250万美元。

公司致力于数字家电、个人电脑以及周边设备、通信器材等高科技产品的研发生产，出口产品畅销欧、美洲及东南亚各国。

公司以"诚信、负责、创新、务实"为经营理念，积极吸收培养高科技人才，引进最新的企业经营管理知识、先进的专业生产技术和一系列自动化设备，发挥外资企业优势，与世界高科技同行进行交流合作，了解世界市场的潮流趋势和消费需求。

从1990年建厂以来，研发生产规模日益扩大，现日产能为卫星接收器2200台、个人电脑1000台、小型电子游乐器 2000 台套，年产值均超亿元人民币。1999 年度产值更达 3.6 亿元人民币，并曾获得"全国 500 家大型外资企业"、"广东省民营科技企业"等殊荣。

为进一步开拓国际市场，提高产品竞争能力，公司先后申请并获得挪威船级社国际标准组织 DNVISO-9002、中国商检局 CCIBISO-9002 认证，以及欧共体组织 TUV 产品安全规格等国认证。

1999 年 4 月，公司引进国标准组织 ISO-14000 环境管理体系，关注环境保护问题，最大限度降低对环境的污染及资源的浪费，并已初见成效。

华星科技通过自身不断完善、改进、提升，致力于建设成一个世界级的永续经营企业。

在发展"外引"的同时，内联的发展也取得了不少成就。

在内联方面，汕头特区的具体做法是"借鸡下蛋"，以补偿贸易的方式引进资金和设备，加快内联企业发展生产的步伐。

1985 年 8 月，汕头内联企业水产养鳗联合发展公司成立后，利用特区政策，以补偿贸易的方式先后利用外资 20 亿日元，从日本引进烤鳗生产线及配套设备，兴建烤鳗厂。

烤鳗厂成立后，仅用 93 天的时间，就建成一条具有 80 年代先进水平，年产 1000 吨的全自动烤鳗生产线。生产烤鳗每年出口值 1100 多万美元，产品填补了广东省食品加工的空白。

与此同时，烤鳗厂还引进年产 5000 吨鳗鱼饲料的机械设备，兴建鳗鱼饲料厂和在区外投资建立鳗鱼养殖基地，配套完善出口生产体系。

在发展内联企业时，汕头特区还亲自牵头，组织内联企业，将引进国内科研机构的科研成果与利用外资相结合，开发新产品。

汕宇科技开发有限公司，是汕头特区发展总公司与国家航空航天部空间技术研究院合资的企业。该企业技术力量较强，在卫星通信、卫星电视、视听工程等领域有较强的研制设计能力。

1985 年 11 月，汕宇科技开发有限公司设计安装了广东省第一个卫星电视地面接收站，可接收美国、加拿大、澳大利亚、马来西亚等 7 个国家的电视节目。当时，这一成果在国际上也处于先进行列。

通过外引内联，汕头的企业获得了飞速发展，一批先进的高科技企业，开始在汕头逐步强大起来。

汕头推进老企业改造

1984年，汕头特区深化改革后，对老企业的改造也提上了汕头特区政府的工作日程。

面对老企业经营困难的局面，汕头政府充分运用中央关于利用外资改造老企业的有利政策，加快汕头市老企业的改造步伐。

同时，汕头特区在发展同内地的经济联合时，还十分注重做好市区老企业的改造嫁接工作。

在汕头特区政府的支持下，市区不少国有企业通过利用外资，引进资金、先进技术和设备，开拓了外销渠道，重新焕发出生机活力。

汕头麻纺织厂原是一家濒临倒闭的国有企业，当时，整个厂效益低下，很多工人发不出工资。在汕头改革老企业的推动下，汕头麻纺织厂积极按照特区政府的要求，开始寻求突破。

经过多方协商，汕头麻纺织厂利用该厂现有厂房和部分场地，与相关经济实体开办了7家中外合作企业和外商独资企业。

通过合作，汕头麻纺织厂吸引外资659.4万美元，从此，汕头麻纺织厂的面貌发生了巨大变化，生产能力和经济效益都获得了很大提高。

改革后，汕头麻纺织厂合作开办的 7 家企业生产的鞋类、文具用品、金属日用品和洗水服装开始畅销，企业也很快实现扭亏为盈。

汕头肥皂厂也是一家老牌企业，该厂原投资 175 万元，从国家有关部门购进一条日本产的化妆品生产线，其规模很大。

然而，由于种种原因，汕头肥皂厂却长期无法使该生产线充分发挥作用，产品打不开销路。

具有先进生产线和很大生产规模的企业却得不到快速发展，这令汕头肥皂厂的领导和员工都非常着急。

汕头特区政府推动老企业改造的政策，唤起了汕头肥皂厂领导层的思路。于是，对企业进行改革变得格外迫切起来。

1990 年，汕头肥皂厂与香港南源贸易有限公司、特区进出口公司三方合资，成立了汕头经济特区南源日用化工有限公司。

在新成立的公司里，汕头肥皂厂以设备和厂房作价为股本投入。

南源日用化工有限公司成立后，公司的产权结构发生了变化，管理模式、文化氛围也随之发生了变化，在新的环境下，公司的效益得到了很大的提高。

公司成立不久，企业生产的"永芳"系列化妆品开始驰名东南亚，并给公司带来了滚滚利润。

在"永芳"畅销的同时，公司的效益也得到大大提高，仅1991年，该公司产值就达到1200万元，上缴税收210多万元。

在推进老企业进行改造时，汕头特区政府还以"大手笔"推进一系列老企业进行改造。

1985年创办的汕头经济特区美艺发展公司，是汕头特区企业发展公司与汕头市二轻部门的内联企业，专营潮汕工艺美术品。

美艺发展公司是以汕头市众多老企业改造起来的一家公司，它包括美术绣品厂、绣衣厂、木雕厂、金属工艺厂、珠绣工艺厂、手帕工艺厂等。

以众多老企业为依托的美艺发展公司，通过引进外资和先进的技术、设备，对老企业进行改造、扶植、组织生产、原材料供应、产品销售出口等"一条龙"服务，使老企业焕发了青春。

经过改革，众多老企业在新公司的领导下，员工的积极性得到了提高，经济效益和社会效益都获得了提高。仅1988年，汕头美艺发展公司就为国家创外汇1500多万美元。

同时，新公司的成立，还使很多即将下岗的工人获得了继续工作的机会。

一个叫张一弓的员工感慨地说："没有实行改革前，我和爱人都要下岗了。我们俩都是快到50岁的人了，下岗后怎么就业真让人发愁。厂子改革后，我们都没有下岗，而且单位效益提高了，我和爱人的收入都提高了。

这真是令人兴奋的一件事啊。"

在汕头推进老企业改革中,还有一大批老企业,如汕头毛织厂、汕头化纤棉制造厂、粤华织染总厂等实现了改革。到 1991 年,汕头经济特区新批准成立的"三资"企业 387 家中,属于老企业嫁接改造后的外资企业就有 46 家,占 11.8%。

汕头老企业改造的成功,既有重大的经济效益,又有巨大的社会效益,它为汕头特区社会的稳定和经济的发展提供了重要基础。

汕头注重发展创汇农业

1991年10月,金秋使汕头变得格外美丽。就在这个收获的季节里,时任国务院总理李鹏来到汕头视察工作。

在汕头视察时,李鹏专程来到汕头鳗联公司参观访问,并高兴地挥毫写下"发展出口创汇农业"、"希望汕头鳗联为国家多创外汇、为地方经济多作贡献"的题词。

一个日理万机的总理前来视察,并为其题词,这是对该公司所取得的巨大成就的肯定。

当然,汕头鳗联公司取得如此巨大的成就,自然离不开汕头"依托潮汕腹地,发展创汇农业"的政策。

1984年,汕头特区区域扩大后,汕头特区在坚持兴办工业为主的同时,努力发挥汕头特区的优势,继续大力发展创汇农业。

为使汕头特区农业真正依托潮汕腹地,以求在更大规模和更高层次上得到发展,特区管委会在创汇农业布局上,采取了三个方面的对策:

> 首先,是特区内外联合,建立两个层次的创汇农业生产基地,形成两个生产圈。以特区大农业专业公司为核心层,在区内建立生产基地和加工实业配套的小生产圈。当特区区域扩

大后，特区管委会将原农业发展联合公司一分为三，成立了农业、水产、土畜三个直属国有公司，以加强对农业生产、产品加工和出口创汇等方面工作的统筹管理和进一步优化农业产业的内部格局。

其次，是特区内外联合，形成既能发挥"窗口"作用，又能利用腹地优势的内联农业企业群，使特区内外扬长避短，优势互补，联合方式包括合资、合作以及内地企业独资经营三种。三种方式的联合都要求在特区内办有经济实体，不能搞单一的纯贸易。

再次，是引进国外资金、技术、设备，兴办"三资"农业企业。

针对过去传统农业自然经济重产轻销、生产与流通脱节，严重制约农业商品经济发展的现象，汕头特区在制定创汇农业发展战略时，根据潮汕农村劳力资源丰富和劳动力素质较高这些特点，重点扶持若干个农产品出口生产基地，使其形成从种养到加工出口"一条龙"的外向型经济体系。并逐步形成一批以公司为"龙头"，生产、销售"一条龙"的贸工农一体化创汇集团企业，并且很快初具规模。

在特区政府这项政策的支持下，很快，特区农业发展联合公司、特区养鳗联合公司、特区海洋渔业公司等一大批农业龙头公司成立了。

汕头特区水产养鳗联合发展公司创建于1986年8月，原属汕头市农委在特区的全民所有制内联企业。

养鳗联合发展公司初创之时，只有9个人，而资金也只有9万元。

公司成立后，养鳗联合发展公司遵照汕头市委大力发展农业大商品经济的精神，充分利用潮汕沿海鳗鱼资源丰富的优势，发挥特区"窗口"作用，开始了艰苦的创业过程。

创业之初，公司明确提出"技术在国外、资金在国外、市场在国外"的经营方针，以补偿贸易方法，开始从日本引进资金、烤鳗生产线、养鳗技术，建设现代化养鳗场和烤鳗厂。

技术、资金引进后，公司又采取自营、联营和发外饲养等方式，通过对汕头沿海鳗苗和腹地良好的水资源、地下温泉等综合开发和利用，在潮汕各地兴办养鳗场，使整个鳗鱼生产过程形成了包括生产、科研、加工储运、销售、信息咨询等较完整的体系，做到生产、加工、出口"一条龙"。

就这样，一个集约化、社会化、现代化的鳗鱼养殖、加工出口生产体系形成了。

先进的经营方式给公司带来了巨大的效益，至1992年底，鳗联的固定资产总值近1.5亿元，拥有养鳗场34家，烤鳗厂3座，鳗鱼饲料厂1座，纸箱包装厂1座。

同时，养鳗联合发展公司还组建了全国第一家鳗鱼养殖研究所，成立了贸易发展公司、实业发展公司等12家经营、服务机构和揭阳、饶平、惠来等3家分公司。

汕头鳗联公司自成立至1992年，已出口创汇1亿美元，连续3年烤鳗出口量占全国出口总量的三分之一。

公司主要产品"金龙牌"烤鳗，"鳗联"牌饲料，分别荣获1992年首届中国农业博览会金牌奖和铜牌奖。

同时，"金龙牌"烤鳗是当时我国唯一在日本最大的超级商场大荣公司所属几百家超级商场公开挂牌销售，且深受消费者欢迎的品牌。

和汕头鳗联相类似，汕头大洋公司也是一个农业创汇公司。

汕头大洋公司，是在原汕头海洋渔业公司基础上发展起来的大型综合性国有企业。

1992年春，在邓小平南方讲话精神鼓舞下，在汕头市委的鼓励下，公司决定把扩大速冻果蔬项目的生产规模当作集团的一大项目来抓。

决策作出后，大洋公司一方面在保持原来生产线继续运行的同时，腾出82亩土地进行整体规划，用以发展速冻果蔬、脱水果蔬、果蔬饮料和调整食品等果蔬系列的厂房。

另一方面，公司又筹集资金近4000万元，引进具有世界先进水平的冻结器和制冷压缩机，装备时产3吨的生产线。

1993年底，新的生产线投入使用后，仅试产10个月，产值就达305万美元，创汇220万美元。

与此同时，公司认真借鉴汕头地区前几年办生产基地的经验，促进生产基地的建设。

在果蔬加工等农业"龙头"企业带动下，在公司引导和促进农村在联产承包经营责任制的基础上，逐步走集约经营、规模效益的路子，推动潮汕地区高产、优质、高效农业的发展。

在大洋公司的推动下，1989年，揭东县每年种植竹笋2500至3000吨；1994年，则种植竹笋8000吨至9000吨，其中50%左右被大洋公司用作生产原料，产品畅销欧、美市场。

汕头大洋集团公司还十分注重以市场为导向，发挥集团综合优势，创办粤东地区大型农产品加工基地。

公司成立以来，十分重视和坚持新产品的开发工作，先后研究和开发了一批大宗、优质、高值的产品，形成了以蘑菇、竹笋、荷兰豆、混合蔬菜、马蹄、韭菜、毛豆、乌木耳、青刀豆、蒜米等产品为主干的30多个产品构成的体系。

1993年以来，公司先后打通了日本和美国的销售途径，使产品固定销往欧洲、日本、美国市场。

至1994年，公司已达到时产4.5吨速冻果蔬生产能力，初步形成农、工、贸、科技一体化的农业"龙头"企业的雏形，既促进潮汕地区"三高"农业的发展，又取得较好的经济效益和社会效益，受到中央和省、市各级领导同志的肯定。

由于汕头特区采取有效的创汇举措，从而使特区农业得到迅猛发展。

从1984年至1991年，特区农业出口创汇达11.4亿美元，仅1991年农业就达1.9亿美元。

农业出口创汇成为汕头特区对外贸易的重要支柱，它为特区和沿海地区发展外向型农业，探出了一条新路子。

汕头积极加强党的建设

1984年以后，特区的面积扩大了，汕头特区的管理任务也加大了。在特区注重抓经济的过程中，特区党委还积极推动各级党组织建设。

在特区党和政府的推动下，很多企业都建立了党支部，这为特区的发展提供了重要保障。

华达宝陶瓷制作厂有限公司，是澳门恒辉陶瓷实业有限公司郑氏兄弟在汕头创办的独资企业。自1985年开业以来，公司一直努力探索在特殊环境中开展党的工作的新路子，把党的工作渗透到日常工作中，从而增强了党支部的凝聚力和战斗力，促进了企业的发展。

在党支部成立之初，党支部人员就认识到，在外商独资企业中开展党的工作，根本目的是发展生产，办好企业。这是党支部和外商之间在认识和利益上的共同点，也是党支部工作的出发点。

多年来，党支部把党的建设融合在这一共同点上，积极主动地开展党支部工作。

公司党支部成立时，仅有3名党员，力量薄弱，不利于开展党的工作。特别是生产一线的党员少，也不利于带领群众发展生产。

于是，党支部就利用协助外商招聘员工的机会，在特区和市区四处物色，想方设法把那些在技术上、业务上能适应需要，又是党、团员的人选招聘进公司。

经过努力，6年后，党支部就发展新党员15名，而且这些党员大部分已成为管理和技术骨干。

与此同时，党支部又着手组建公司工会和共青团组织，把工会积极分子和团员吸引到党组织的周围。

在发展党员的同时，公司党支部认识到，只有树立党员在工作中的模范形象，才能争取到外商的理解和支持，这对党组织的发展非常重要。

为此，党支部要求每个党员，一定要带头艰苦奋斗，清正廉洁，密切联系群众，搞好劳资关系，用努力办好企业的模范行动，争取公司外商对党支部工作的理解和支持。

在公司组建初期，为按时交货，常常需要半夜装卸货物。面对普通员工不愿半夜工作的情况，党支部及时号召党员行政干部带头跟班，以保证及时交货。

1986年5月5日，公司陶瓷仓库发生火灾，党支部组织带领全厂职工奋勇扑灭了大火。

火灾过后，党支部立即号召广大职工恢复生产，力争夺回损失。

就这样，在党、团员的带动下，经过全体职工努力，灾后第三天便恢复了正常生产。

外商闻讯从澳门赶到汕头，当他们了解到是党员带领工人奋勇扑灭烈火，并目睹企业很快恢复生产时，非常感动。

作为工人阶级的政党，作为工人的主心骨，协调劳资关系，维护职工合法权益，也是党支部的一项重要工作。

当时，外商在企业管理上有一套严格的措施和制度，公司党支部积极帮助外商修改和制订了适合公司具体情况的管理制度，做到既支持外商从严治厂，又注意维护职工合法权益。

企业投产初期，由于制度不太完善，有些工人为追求高收入，只顾数量，粗制滥造。

党支部知道情况后，及时协助外商完善了管理制度，使产品质量大为提高。

在1989年盛夏季节，党支部动员职工战高温，夺高产。同时，又建议外商改善工作条件，从而调动了职工的生产积极性。

经过党支部的工作，企业劳资双方关系越来越融洽，公司职工遵守劳动纪律，刻苦钻研技术，热爱企业的风气逐步形成。

在公司的日常生产中，党支部努力把党的工作任务贯穿于企业的生产经营活动中，积极支持公司各项工作的开展。

企业创办初期，由于缺乏生产管理经验，开业仅3个月便亏损58万元。

面对困境，党支部大力支持外商改革工资分配形式，并采取多种形式在职工中宣传，使新的工资分配形式顺利实行，扭转了企业亏损局面。

企业创办第四年，外商针对企业发展之后生产经营中出现的一些新问题，给全厂中层以上管理人员写了一封公开信。信中提出：

> 公司的兴衰存亡既与你息息相关，也依赖你的大公无私、敬业爱业的精神去奋斗！

党支部利用这个机会，结合职工中存在的临时雇佣思想及浪费严重等问题，在职工中开展了"爱我企业"的职业道德教育，号召全体员工同舟共济，奋力拼搏，把企业办得更好。

外商对此十分赞赏，投资办厂的信心更足了。

后来，公司成立董事会，有两名党员入选为董事，参与企业的重大决策。

面对中外双方出于各方利益考虑可能会出现的各种矛盾，党支部深刻认识到，建立中外双方真诚合作的人际关系，是保证党的工作顺利开展的重要保证。

为此，党支部特别重视向外商和职工宣传建立新型劳资关系，增进与外商的感情。

1989年春夏之交，受当时国内外形势的影响，不少在汕头办厂做生意的外商纷纷弃商而走。

在这种情况下，为使外商放心，党支部成立了安全生产监察部。党支部书记亲任部长，两名支委任副部长，负责对全厂安全生产和保卫工作的指挥。

同时，党支部还组成66人的护厂队伍，15名党员全部参加。

这一期间，职工坚守岗位，出勤率达97%以上，生产正常进行，公司秩序井然。

看到党支部卓有成效的工作，外商十分激动，他们对党支部的人员一再表示感谢，并明确表示，在以后的工作中，一定大力支持党支部的工作。

不断完善汕头市场机制

1984年,特区区域扩大后,特区一直不断深化各项改革,其中完善市场机制,就是深化改革的一项重要工作。在完善市场机制的过程中,完善人才市场机制,一直是汕头特区政府的主抓工作。

汕头在改革之初,传统的"统分统配"人事制度制约了人才的自由流动,因而大大限制了特区各项事业的开展。

建立特区人才市场,运用市场机制调节人才供求关系,以适应特区建设规模日益扩大和产业结构不断变化的需求,是特区经济发展的客观要求。

为此,汕头特区于1988年3月批准成立特区人才智力服务公司,由其组织和管理特区人才市场。

特区人才服务公司成立以后,以外商投资企业为主要服务对象,采取人才与用人单位"双向选择"的方式,建立个人择业、企业选聘、社会化管理"三位一体"的管理模式。

公司的做法是沟通人才信息渠道,建立"人才储存库"。同时,开展人才"交流调动"服务,实现了人事管辖权和使用权的分离。

在1987年以前,特区中外合资、合作经营企业聘用在职专业人才，一直沿袭国有企业的调配方式和管理方法，由中方单位接收人事档案和行政关系，享受中方单位福利待遇，保留编制，派入合资、合作企业工作。

这种做法往往导致合资、合作双方在人事问题上的扯皮，而且中方单位还长期背上"包袱"，解除合同的人员也难以消化，更助长了专业人员的"铁饭碗"思想，无法体现"三资"企业的用人自主权。

建立人才市场之后，凡受聘于特区"三资"企业的在职干部、工人，一律由人才公司交流调动。

人才公司与聘用单位、受聘者三方签订"调动合同"。人才公司主要承担专业人才的社会管理职能，实施人事管理权，包括负责保管人事档案、办理档案工资的调升、转正定级、职称评定、出国政审、签订"聘用合同"、调解雇用双方的关系等。

汕头特区人才智力服务公司成立以来，运用市场机制调节人才供求关系，发挥了积极作用，受到了各方面的好评。

当时，汕头英华精密电子工业公司是一家合资企业，资金雄厚，设备先进，但由于缺乏技术人才，产品质量上不去。

了解到这种情况后，人才智力服务公司总经理从特区人才公司，一次就挑选了36名专门人才，安排去英华精密电子工业公司担任该公司工程师、车间主任、技术主管等职务。

随着这 36 位技术人员的到来，英华精密电子工业公司人才紧缺的问题解决了，产品质量提高了，公司效益获得了较大的提高。

英华精密电子工业公司总经理高兴地说："人才公司既方便了企业，又避开了人情关系的干扰。这真是太好了。"

此后，英华精密电子工业公司又与人才公司预约建立了长期的人才供求关系。

人才市场的建立，不仅使很多企业受益，一些人才也从中享受到了巨大的好处。

张华原是汕头一个小企业的普通工人，通过业余时间的自学，张华学会了一些电脑操作知识。

但是，在张华所在的小企业里，他的电脑知识根本用不上，张华也就只好在单位做一个普通工人。

有知识却没有用武之地，一直是张华比较痛苦的事情。为此，他通过各种关系，希望能调到一家外资企业里从事电脑工作。

然而，在当时的人事制度下，张华的愿望根本就无法实现。

人才公司成立后，张华通过人才公司，终于进入他羡慕已久的那家公司。

每天悠闲地操作着电脑，拿着比原来高出 3 倍的工资，张华高兴地说："真是非常感谢人才公司，感谢汕头政府对人才市场的改革。如果没有这些，我真不知道我辛苦学的电脑知识，能否找到适用的地方。"

人才公司的作用是巨大的，在其成立3年中，先后为140多家"三资"企业提供专业人才700名。其中，到"三资"企业担任了总经理、厂长、车间主任、工程师或技术主管职务的有136人。

在完善人才市场的同时，汕头还积极建立技术市场。

为此，汕头特区政府按照《广东省科技市场管理规定》的精神，抓好技术合同的登记、管理和《技术合同法》的学习和宣传，并且做好技术商品经营机构的管理和审批。

汕头特区技术市场的兴起和发展，对于推动特区企业技术进步，发展经济特区，促进特区科技体制改革都具有重要的意义。

提出发展外向型经济

1985年2月,在改革开放的另一个前沿阵地深圳,一场关于特区工作的座谈会召开了。

主持这次座谈会的是中共中央书记处书记、国务委员谷牧。

在此次会议的总结讲话中,谷牧强调:

> 在新的形势下,特区应在继续完善投资环境的同时,把重点转向增加工业生产、积极扩大出口创汇方面来。新上的外引内联企业都要按此精神审批,要重点建设一批技术水平较高、能够出口创汇的项目,培养一批能够打入国际市场的骨干产品,尽快建成以工业为主、工贸结合、农牧渔和旅游业同时发展的外向型的综合性经济特区。

同时谷牧还要求各特区要朝着这一目标,下力量"爬好一个坡,更上一层楼"。

谷牧在这次讲话中,把发展外向型经济当作目标,被第一次更为明确地提出来。

对于特区来说,发展外向型经济,并非是个新课题,特区成立之初,就曾经被称为"出口特区",特区在建立和发展过程中,也是沿着出口型方向走的。

但是,限于主客观条件,特区在初创期间的外向型程度还不高。此时,谷牧明确提出建立外向型经济,对特区的发展意义非常重大。

此次座谈会后,国务院又多次对外向型经济体系进行探讨。

1985年12月25日至1986年1月5日,在深入调查研究和广泛征求各界经济人士意见的基础上,国务院在深圳再次召开经济特区工作会议,讨论外向型经济问题。

会议由国务委员谷牧主持。汕头特区管委会主任刘峰出席了会议。

在这次会上,与会人员着重讨论了进一步发展外向型经济目标和重要的政策性措施。

在发言中,谷牧要求,各特区的工作重点应该从抓基建搭架子,转到抓生产、上水平、求效益,发展外向型经济的路子上来。

这次会议的《会议纪要》指出:

五年多来,经济特区的建设已经取得很大进展,打下较好基础。

今后特区的任务是,在"七五"期间坚决贯彻中央和国务院的指示精神,努力建立以工业为主、工贸结合的外向型经济,把更多的先进技术引进来，使更多的产品进入国际市场，更好地发挥"四个窗口"、"两个扇面"的作用，朝着建立外向型经济的目标奋力前进。

1986年2月7日，国务院审定批转这次会议产生的《会议纪要》。

1986年1月8日，在国务院召开的深圳经济特区工作会议结束后的第三天，汕头特区便召开了特区直属行政部门副科长及公司部门副经理以上干部近300人参加的会议。

在会上，管委会主任刘峰传达了深圳会议关于建立外向型经济的精神。

9日至11日，汕头特区各公司经理和各行政部门领导，又集中学习领会会议精神和有关政策规定。

通过学习，有的与会同志认为，深圳会议明确了"七五"期间特区要建立外向型经济的目标和工作重点是十分正确的，"爬上一个坡，更上一层楼"，就是要求我们爬抓生产这个坡，上发展外向型经济这层楼。

还有的同志高兴地说："深圳会议确定实现转向的目标，坚定了特区必须朝着建立外向型经济的目标前进的信心。"

看到与会同志对建立外向型经济的支持，在特区领导的推动下，会议还研究了适应建立外向型经济需要的具体措施，以使汕头特区进一步明确更好地爬坡，更上一层楼,朝着建立外向型经济的目标奋力前进。

虽然困难很多,任务艰巨,但大家一致认识到,能否实现这一转向,是关系到办特区的成败问题。

为此,很多同志表示,只有努力朝着工业为主的外向型经济的目标转向,才能更好地发挥特区的"四个窗口"和"两个扇面"辐射的作用,困难再大,也要坚定不移地朝着这个方向奋力爬坡。

1986年9月26日至28日,中国共产党汕头市第五次代表大会隆重召开。

在会上,汕头市委书记林兴胜代表市委,作题为《坚持改革开放、加强党的建设,为振兴汕头而努力奋斗》的报告。

林兴胜说:

建立外向型经济体系,是汕头经济和社会发展本身的迫切要求。综观汕头的整个发展前途,应该实行对外和对内的全方位开放,充分利用国内外两种资金、两种资源、两个市场,大力引进外资、侨资和先进技术设备,积极发展同内地的横向经济联合。

林兴胜还铿锵有力地说道:"经济特区在建立外向型经济体系中应该起示范作用。"为了实现建立外向型经济的目标,林兴胜提出:

全市要支持特区，特区要服务全市。特区应当切实加强同市区和广大农村腹地的经济协作，为全市和各县市引进国外先进技术设备、管理经验提供服务，帮助市区和各县市根据国际市场需要安排出口产品的生产，全市各行各业都要支持特区建设，为特区建立外向型经济做出应有的努力。

林兴胜的发言，得到了与会同志的高度认可，他们纷纷表示支持外向型经济战略。

中共汕头市第五次党代会的召开，标志着汕头特区外向型经济战略方针的正式确立。

从此，汕头经济特区按照汕头市第五次党代会的要求，开始致力于发展外向型经济。

汕头大力改善软环境

1986年初,汕头提出要实施外向型战略后,汕头各有关部门开始为发展外向型经济而进行各种准备。

为给汕头经济特区外向型经济的发展创造一个良好的投资"硬"环境,汕头特区在区域扩大后,采取分片配套的方针,抓紧对龙湖片区和广澳片区进行开发。

经过多方的共同努力,建设者逐步完善了特区的基础设施建设,使生产、生活设施配套,建设、投产同步,以形成良性循环。

随着特区投资"硬"环境的逐步完善,汕头特区及时把工作重点放在改善投资的"软"环境上,以吸收外商投资。

在改善软环境方面,调整办事机构、提高办事效能是特区重点抓的一项工作。

早在1984年汕头特区区域扩大以后,特区的党政群机关部门就重新进行调整,特区党委会和管委会一班人马两块牌子合署办公,局一级行政机构则精简为17个。

伴随着管理机构的精简,客商到汕头特区办事手续简化了,程序简单了。

为进一步提高特区管委各机构的办事效率,特区管委改变作风,制定并实施了一系列方便客商,为客商提供优质服务的规定。

从 1986 年开始，汕头特区管委会采纳客商锦龙织染制衣有限公司董事长陈锡谦先生的建议，明确规定，各职能部门对外商询问的问题应在 24 小时内做出答复。

同时还规定，外商申报项目，从接受项目建议书和可行性报告之日起，要在一周内做出答复。

经批准立项的项目，如资料、证件齐备，在特区权限内的一切手续应在 10 天内办完。

对多次出入境的外商，汕头特区管委会则为其签办"汕头特区投资证"，使外商由专设通道入关。

1989 年，特区管委会针对引进工作存在的问题，认为特区的引进工作，必须有一个统一协调的组织机构。

于是，特区管委会成立了汕头特区引进办公室，专门负责外引内联工作的计划、组织、洽谈、审核、协调、服务和落实，并配备相当力量，使引进工作走上有组织、有计划、统一协调的轨道。

这些措施，大大地方便了客商，有力地促进了外商投资工作。

对此，很多外商感慨地说：

> 特区的变化真快啊，几年前政府机构还是"脸难看，事难办"，如今特区办事容易了，而且时间也大大缩短了。这真是我们外商的一大福音啊，有了这么一个高效的政府，我们投资

感觉心里踏实多了!

在调整政府机构,提高政府办事效率的同时,汕头特区还积极修订鼓励外商投资的具体优惠措施,保障外商的合法权益。

根据1986年国务院《关于鼓励外商投资的规定》,汕头特区管委会及时制定了《汕头经济特区关于鼓励外商投资的补充规定》。

新的规定对劳务管理费、征地管理费,土地开发费和使用费等进一步调低,并将原来的28项行政事业性收费减少为18项。同时,在税收、外汇管理和产品出口等方面,对外资也予以优惠。

面对台商来汕头投资逐渐增多的新趋势,汕头特区管委会又于1988年3月制订了《汕头特区鼓励台湾同胞投资优惠办法》和《奖励引荐外商投资暂行规定》。

与此同时,汕头特区管委会还采取一系列优惠措施,以鼓励台商到台商投资区投资,尤其是对先进技术的企业,特区的优惠政策更加明显。

当时的汕头,一般外资企业在投资建设期至投产后5年内,免纳土地使用费。

但是,对先进技术企业的土地使用费,则从投产后第6个年头算起10年内减半收费。

为便于台商在台商投资区兴办实业,汕头特区龙湖行管局,还为台商提供多方面的信息服务。同时,台商在投资区内使用土地年限，由原来工业用地40年延长到50年。

在这些优惠政策的激励下，很快一批包括电子、医药、机械、食品等的高技术外资企业，开始纷纷落户汕头特区。

在吸收外资过程中，汕头特区还严格执行经济合同，尊重外商的合法权益，保障"三资"企业的自主权。

1988年3月，特区成立了具有法人资格的特区外商投资企业协会，以维护外商投资企业的合法权益。

由于汕头特区采取多种措施改善投资软环境，从而使汕头特区在吸引外商投资、发展外向型经济方面取得较好的成绩，出现了外商投资企业"引进来、留得住、办得好、有效益"的良好局面。

外向型经济发展顺利

在 1987 年春节期间,汕头市政府举办了一次别开生面的迎春联欢节。

这次联欢节的特别之处,就在于邀请了海内外华侨和港澳同胞到汕头投资。观光期间,汕头特区借机举行洽谈会,吸引华侨到汕投资。

在以后的多年里,汕头还举办过多次联欢节,来吸引外商前来汕头观光。

同时,汕头特区管委会还分别多次参加或举办投资贸易洽谈会,介绍汕头特区的投资环境和优惠政策,增强外商到汕投资的信心。

1988 年,汕头特区参加了广东省在香港举办的"投资贸易洽谈会"。

洽谈期间,汕头与客商签订意向书、协议合同和合同共 50 项,总投资额达到 1 亿多美元,利用外资 754 万美元。

1989 年,汕头特区组织项目洽谈团,赴香港开展投资项目洽谈活动,与外商签订协议书、合同书共 45 项,投资总额 7978 万美元,利用外资 5582 万美元。

1991 年,汕头特区又邀请 200 多名海内外客商,在汕头特区举行投资环境介绍会。

会议期间，特区同客商签订引进外资合同和协议 74 宗，协议投资总额 1.2773 亿美元。

对这次投资环境介绍会，大陆知名媒体新华社、中新社、《人民日报》及香港经济报导、台湾《商情报》等 15 家新闻机构都作了报道，从而扩大了汕头特区在国内外的知名度。

在政策的引导和鼓励下，许多中外合作、中外合资及外商独资的企业开始迅猛发展起来。

汕头超声印制板公司是汕头超声电子（集团）公司属下的一家，专门生产高密度、高精度、高可靠性的双面及多层印制板电路板的中外合资企业。公司自 1985 年 3 月批准营业以来，不断地跟踪国际上的新技术进行革新，从而使公司逐步发展成为大型工业企业。

借助合资及技术优势，公司产品质量达到美国 MIL 标准、国际 IEC 标准和 IPC 标准，获得美国 UL 机构认证，并获得中国大型工业企业、中国 500 家最大外商投资企业、中国外商投资双优企业、国家优质产品称号等，并被誉为"中国印制板之冠"。

1994 年，为使产品质量达到国际先进水平，公司还决定全面实施 ISO9002 质量体系标准。

1994 年 12 月，在香港生产力促进局的帮助及公司全体人员的共同努力下，经英国劳埃德船级社香港办事处评审员评审，公司以全部符合要求的成绩获得了英国、德国、荷兰、澳洲等质量体系互认的 ISO9002 – 1994 版 4

份证书，从而使该公司不仅成为全国印制板行业中唯一获得国家优质奖称号的企业，而且在国际上获得质量保证体系 ISO9002 认证证书，并被接纳为国际 IPC 协会会员。

1985 年至 1995 年 10 年间，该公司生产产量为 30.5 万平方米，产值 8.4 亿元，出口创汇 1600 万美元，税利 1 亿元，并创下人均年产值和人均年税利全国同行的最佳纪录。

同时，公司员工也从原来的 54 人发展到 450 人，并拥有 110 名工程技术人员。

1990 年 6 月 20 日，中共中央总书记江泽民视察该公司时，看到公司先进的生产工艺和优质的产品，总书记高兴地说，这是他见过的印制板厂中最好的一个，并明确表示："汕头能办这样的工厂很不简单。"

第二年 10 月，国务院总理李鹏也来到该公司视察。

在视察该公司后，李鹏兴致勃勃地说："这是一个很好的工厂，高科技值得我们借鉴。"

接着，李鹏还高兴地挥毫为公司题词：

依靠科学管理，创出一流效益。

汕头特区海洋聚酯切片厂是汕头海洋音像总公司属下的内联企业。1987 年，响应特区政府发展外向型经济的号召，公司积极从德国吉玛公司引进具有 20 世纪 80 年代国际先进水平的多品种、间歇式的聚酯切片生产线。

引进新的生产线后，公司产品被用于生产录像、录音、电脑软磁盘、电绝缘薄膜片基的聚酯切片，还利用于接丝织布、制衣仿真丝聚酯片，以及廉子布、降落伞的各种工程塑料的高黏度聚酯切片等。

该产品填补了我国片基级聚酯切片、瓶级聚酯切片、高黏度聚酯切片、仿真丝聚酯切片生产的空白。

1990年12月，国家化工部支持的全国磁记录材料座谈会在特区汕头隆重召开。

在这次座谈会上，化工部组织了有关科研部门、大专院校、磁记录材料厂家的专家学者，对特区海洋聚酯切片厂生产的聚酯切片产品进行全面考核鉴定。

最后，经过专家的鉴定，大家一致认为，汕头特区海洋聚酯切片厂的产品质量达到国外同类产品水平。

在1990年北京首届国际包装材料展览会上，汕头特区海洋聚酯切片厂生产的聚酯切片和瓶级切片产品，荣获银牌奖。

汕头特区结合产业倾斜政策的制定和实施，还认真做好引进外资筛选工作，引导外资投向，使外商企业逐步由劳动密集型行业向技术密集型外向型转变。

在特区政府的正确引导下，汕头逐步形成华亭电子陶瓷器件有限公司、正大康地汕头有限公司、德源实行有限公司等一批技术密集型外向型的外资骨干企业。

正大康地汕头有限公司是由海外财团正大国际投资

有限公司与美国大陆谷物公司，于 1984 年 3 月在汕头特区合资兴办的、具有国际先进水平的、大型畜牧综合性企业。

公司成立后，专门生产和经营科学配方的优质饲料，培养世界著名的肉鸡苗和良种猪等。

1989 年，该公司进行第二期扩建工程并竣工投入生产。新建后的饲料厂，日产各种畜禽及水产全价饲料近万吨，全部采用国际上最先进的生产技术，从粉碎到混合，到制粒，再到包装，全套电脑自动化操作，性能优选，精密度高。

同时，公司的所有饲料配方均经专家用电脑计算，原料及制成品也经严格化验，产品质量符合国际标准。

在注重科技含量的同时，汕头特区管委还以外向型经济为目标，促使外商投资企业的产品返销国际市场。

1984 年，外资企业产品出口仅 286 万美元，1987 年便达到 4595.7 万美元，约占特区出口的 25%。

自此，汕头外向型经济取得重大突破。

四、开创未来

- 江泽民为特区题词："坚持改革开放,办好经济特区。"

- 李鹏要求特区认真做好规划,重视发展高科技产业,抓好老企业改造,坚持物质文明建设和精神文明建设两手抓的方针。

- 一位汕头籍的澳门商人说："汕头10多年的变化非常大,这简直堪称一个奇迹。"

汕头确立未来发展目标

1990年6月,南国汕头,酷热难当。就在此时,中共中央总书记江泽民冒着酷暑来到汕头经济特区。

在广东省及汕头特区政府领导的陪同下,江泽民认真听取了汕头特区有关部门的汇报,并亲自下厂房,进企业,仔细视察汕头各方面的发展情况。

看到汕头的巨大变化,江泽民高度肯定汕头经济特区的路子走得对,效果好。

接着,江泽民还高兴地为特区题词:

坚持改革开放,办好经济特区。

1991年10月,国务院总理李鹏也到汕头经济特区,开展视察工作。

看到汕头取得的巨大成绩,李鹏充分肯定了汕头经济特区取得的显著成绩,并要求特区认真做好规划,重视发展高科技产业,抓好老企业改造,坚持物质文明建设和精神文明建设两手抓的方针。

中央领导人的到来,给汕头特区的发展提供了重要机遇。

在江泽民、李鹏等中央领导同志的直接关怀下,继

1984年底，国务院将汕头特区范围由原来的1.6平方公里扩大至52.6平方公里后，1991年4月6日，国务院又批准汕头经济特区区域从1991年11月1日起，扩大到汕头市区，总面积达234平方公里。

扩大后的特区界线为：

> 东部以韩江支流新津河为界，南部以海岸线为界，西北部以桑浦山分水岭为界，西南部以濠江为界，北部以龙坑山分水岭为界。

至此，汕头人民盼望已久的将整个市区划入经济特区发展的愿望终于实现了，这为汕头经济特区发展再创新优提供了良好的环境。

几个月后，也就是1992年初，我国改革开放的总设计师、创办经济特区的倡导者邓小平，开始了著名的南方之行。

在此次南方之行中，邓小平视察了武昌、深圳、珠海、上海等地，并发表重要谈话。

在谈话中，邓小平对改革开放的政策、对经济特区的发展都给予了充分的肯定。

在邓小平发表南方谈话后，在邓小平谈话精神的指引下，全国掀起了新一轮的改革开放热潮。

邓小平视察我国南方并发表重要谈话，党的"十四大"的胜利召开，这使我国的改革开放进入一个崭新阶段。

在改革开放新阶段,汕头市委抓住汕头经济特区范围扩大至全市的有利时机,积极加快了确立实现现代化的宏伟目标和社会经济发展新战略的步伐。

1993年6月19日至23日,中国共产党汕头市第六次代表大会在汕头市区隆重召开。

此次大会是在汕头现代化建设进程中,一次具有重大现实意义和历史意义的会议。

大会客观地总结了第五次党代会以来,汕头市改革开放各项事业所取得的成绩及存在的困难,概括了7年来创办特区实践的经验。

会议突出"抓住机遇,加快发展,为基本实现现代化而奋斗"这个主题,提出了汕头今后发展的总体战略。这个发展战略的内容可用"一二三四五"社会系统工程来概括:

一个战略目标,就是经过约20年的努力,即到2010年,把汕头建设成为现代化国际港口城市,基本实现现代化。

两个经济发展层次,即特区和潮阳、澄海东西两翼的共同发展。

三个重点开放区域,即保税区、高新技术产业开发区和南澳海岛开发试验区。

四项战略方针,即"海洋活市"、"工贸富

市"、"科教兴市"、"法制治市"。

　　五大优势，即沿海优势、特区优势、侨乡优势、对台优势、商贸优势。

汕头市第六次党代会提出的社会经济发展新战略，是一项跨世纪的宏伟的社会系统工程。
这个宏伟目标的提出，为汕头以后的深化改革，扩大开放，再创新的辉煌，早日建成国际港口城市，提供了明确的方向。

建成汕头经济特区保税区

1992年,在邓小平南方重要谈话精神鼓舞下,全国各地掀起了新一轮改革开放的高潮。

在此情况下,围绕如何使汕头经济特区进一步提高开放度,在国家新的对外开放格局中继续保持最高层次的开放地位问题,林兴胜带领市委、市政府,决定创办保税区,以促进汕头外向型经济上新的台阶。

保税区是继经济特区、经济技术开发区取得显著成果后,又诞生的一个特殊经济区,是海关监管下的"境内关外区",货物从境外进区不算进口,货物从国内进区视作出口,保税区按国际惯例办事,与世界市场接轨,具有政策上的优惠。

1990年,国务院第一个批准上海外高桥建立保税区后,各地纷纷开始积极申办。

1991年2月13日,李鹏总理、田纪云副总理圈阅同意了国务院特区办公室《关于在大连、广州、深圳、天津试办保税区的报告》。

得知这一消息后,汕头立即行动了起来。

1992年5月,汕头市政府、特区管委会借鉴国内各地创办保税区的经验,结合实际,制定出了汕头经济特区保税区设计方案。

7月，汕头把保税区的拟订方案，报广东省人民政府，并请转呈国务院审批。

与此同时，汕头也在积极着手开展保税区筹建前期的准备工作。

1992年10月19日，汕头经济特区保税区筹建领导小组经汕头市人民政府批准正式设立。

自此以后，汕头保税区的各项工作开始正式启动。

1993年1月11日，经国务院批准，汕头经济特区保税区正式设立，成为当时国家批准设立的13个保税区之一。

同年12月22日，汕头保税区监管设施经中华人民共和国海关总署验收合格，正式开关运作。

汕头保税区是由海关监管的封闭式综合性对外开放区域，位于汕头市南区达场半岛东南部，面积2.34平方公里，东濒南海后江湾，西依溪头村虎空山，南连广澳深水港，北靠广澳溪头村。

保税区依山傍海，具有优良的港湾条件和地缘条件，便于实施封闭管理。

对于汕头经济特区保税区的开发建设，汕头市委、市政府坚持"高水平规划、高标准建设、高速度运转、高效能管理"的方针，拟用3至4年时间，力争把保税区建设成为一个多功能、现代化、国际性的对外开放新区。

汕头保税区设立后，各项建设顺利进行。截至1993

年底，保税区已投入建设资金人民币近1亿元，主要用于道路、码头、隔离设施等相关基础设施建设。

1993年12月，经中国人民银行批准，保税区发行了首期建设投资基金券人民币1亿元，用于首期700亩土地的开发建设。

1994年9月28日，联结保税区与广澳的主干道，长4.7公里，宽60米的广达大道，也是汕头市第一条8车道的高等级道路，建成通车。

同时，保税区的发展，严格按照国务院关于设立汕头经济特区保税区批复的精神，充分利用汕头特区的港口优势，综合发展转口贸易、仓储运输和为出口服务的加工业，以及金融、信息、保险业。

经过若干年的努力，汕头已经把保税区建设成了一个以国际贸易为龙头，以仓储运输、出口加工和金融信息第三产业为基础的综合型保税区，并把第三产业作为保税区发展的主导产业。

汕头保税区建成后，与汕头高新技术产业开发区遥相呼应，有效地推动了汕头产业结构的调整和升级换代，加快了汕头现代化建设的步伐。

汕头经济特区保税区自批准设立之日起，就受到海内外客商的广泛关注，成为客商投资新热点。

至1995年10月底止，汕头保税区已累计批准企业685家，投资总额为40亿人民币。

其中"三资"企业165家，投资总额2.5亿美元；

内资企业520家，投资总额20亿元人民币。

当时，汕头保税区以跨国公司为主体的仓储物流产业经营发展势头良好，获利颇丰。

汕头保税区还以中国科学院、清华大学和北京大学等高等院校、科研机构为依托，以民营企业为主体，以生物医药工程技术和人工合成氟金云母新材料为突破口的产、学、研一体化高科技产业，正逐步深化发展。

同时，保税区以外资、民资为主体的食用油脂、覆铜板、化纤纺织、高级包装材料等大型企业生产经营态势良好，并不断追加投资扩大规模。

建成高新技术开发区

1991年6月15日,汕头市高新技术产业工作会议隆重召开。

在此次会上,中共汕头市委提出了创办汕头高新技术产业开发区的构想。

在当时的情况下,世界经济发达的国家都把发展高新技术产业作为经济发展的主攻方向。汕头市能否发展起一批高新技术产业群,是汕头加速现代化建设步伐,尽早实现现代化的关键。

此次汕头市高新技术产业工作会议提出的,开办、创办汕头高新技术产业开发区,是汕头对开办高新技术开发区的初步构想。

1992年4月,汕头市政府正式决定设立汕头高新技术产业开发区,作为高新技术及其产品研究、开发、中试、生产和经营的综合性基地。

决定作出后,汕头有关部门就开始积极组建领导机构,开始了开发区的筹建工作。

汕头高新技术产业开发区总面积4平方公里,分东西两个片区。东片区位于龙湖区与金园区交界处,是汕头特区城市的中心地带,规划面积约3平方公里。

在筹建过程中,有关部门一方面组织力量草拟有关政策措施和优惠办法，报市政府审批，并率先进行东片区的规划设计工作。

另一方面，开发区还积极开展招商工作，确定进区项目，筹措建设资金，创办一系列开发实体机构。

1992年12月30日，对于汕头来说是一个不同寻常的日子。在这一天，经过紧张的筹措，汕头高新技术产业开发区隆重举行奠基典礼。

1993年7月，广东省人民政府批准了汕头高新技术产业开发区为省级开发区。

10月，开发区东片正式破土动工，并很快进入实质性建设阶段。

为了使开发区的建设更具科学性、合理性和可行性，开发区委托中国城市规划设计研究院汕头规划设计部，制订了开发区（东片）控制性详细规划。

根据这个规划，东片开发区被分为综合管理区、工业厂房区和生活配套区等3个功能小区。

而综合管理区位于开发区南部，是全区信息中心、管理中心、技术交流中心、人才培训中心和综合服务中心。

工业厂房区分为通用厂房区和自建厂房区，实力雄厚的大企业，可以在自建厂房区内建设符合特殊要求的建筑物，而中小企业可以在通用厂房区办公。

生活配套区位于开发区西北部，靠近广厦新城住宅区，可以依托广厦新城住宅区的公共设施，为生活区的人们提供方便。

东片开发区建设全面铺开后，区内"五通一平"基础设施建设很快就全面完成。于是，东片开发区便最早进入启动运转。

至1993年底，经筛选、审查同意进区的企业有117家。其中有美国、德国、法国、新加坡等一批外国公司，以及国家电力工业部、邮电部、航空航天部和中科院等国家部委投资的国内公司。

经审查同意进区的项目有136项，协议投资总额60.2亿元人民币，其中外资31亿元人民币，约占总投资的50%。

在入区项目中，电子信息产业投资近30亿元，占总投资的一半，机电一体化的投资12亿元，约占总投资的24%。其余是生物工程、新能源、节能技术、新材料等。

入区的这些项目，技术档次高，市场前景好，列入国家级火炬计划的有3项，省级火炬计划6项，市级火炬计划14项。

至1995年上半年，开发区已有33家企业正式投产。

同时，汕头高新技术产业开发区的建设，实行一区多园的模式。

在开发区，除东西两片开发区外，潮阳市、澄海市、南澳县以及汕头市辖区龙湖、金园、升平、达濠、河浦等5个区，各规划一个以发展高新技术产业为目标的科技园，作为区县（市）一级发展高新技术产业的重点区域。

"一区多园，点面结合"的发展模式，将使高新技术产业开发区及其科技园成为汕头市科技进步的龙头。

建成后，开发区更快更广泛地促进了汕头高新技术及其产业的形成，并实现高新技术向传统产业渗透，带动传统产业升级换代和优化产业结构。

汕头高新技术产业开发区除享受国家规定的优惠政策外，汕头市政府还先后颁布了《汕头高新技术产业开发区若干优惠办法》、《汕头高新技术产业开发区暂行规定》、《汕头高新技术产业开发区高新技术企业核定实施办法》和《关于赋予汕头高新技术产业开发区管委会若干管理权限的批复》等一系列优惠政策和规定。

1994年7月颁布实施的科技"攀登计划"，为汕头高新技术产业开发区的建设发展，提供了更加有利的条件。

汕头高新技术产业开发区已经成为汕头高新技术产业的基地，成为高新技术向传统产业渗透的辐射源，成为对外开放的窗口，成为深化改革的试验区和示范区。

伴随着汕头高新技术开发区的建成，汕头的各项事业也都取得了巨大成就。

正如一位汕头籍的澳门商人所说："汕头10多年的变化非常大，这简直堪称一个奇迹。"

1995年12月28日至31日，中共中央总书记、国家主席江泽民再次来到汕头。

在汕头期间，江泽民考察了汕头大学、经纬集团、迅达电缆厂、汕头大围，还深入到广澳港区起步工程工地、桃园住宅小区工人家，看望当地群众。

最后，江泽民对特区的建设给予了充分肯定，并高兴地为汕头特区题词：

发挥侨乡优势，办好经济特区。

多年来，汕头特区按照党中央的指示，认真依托侨乡优势，借助特区各项优惠政策，不断发展壮大，使汕头这个百年商埠，再一次迸发出无穷的活力。

本书主要参考资料

《春天的故事》徐明天著 中信出版社

《突破：中国特区改革启示录》董滨 高小林著 武汉出版社

《大突破》马立诚 中华工商联合出版社

《难忘这八年（1975—1982）》程中原著 世界知识出版社

《转折：亲历中国改革开放》吴思 李晨著 新华出版社

《邓小平的最后二十年》余玮 吴志菲著 新华出版社

《中国经济特区的建立与发展》（汕头卷）中共汕头市委党史研究室编 中共党史出版社

《中国经济改革30年》王佳宁著 重庆大学出版社

《改革开放搞活一百例》北京日报总编室编 北京日报出版社

《大浮沉——1987—1997中国改革风云人物追踪》邢军纪等著 中国税务出版社